www.ingramcontent.com/pod-product-compliance
Lightning Source LLC
LaVergne TN
LVHW010812051026
849532LV00007B/2523
9789358723847

اپنا راستہ لو بابا

(ہندی کہانیوں کا انتخاب)

بھیشم ساہنی

Apna raasta lo Baba *(Short Stories Collection)*

by: Bhisham Sahini

Edition: November '2024

Publisher :

Taemeer Publications LLC (Michigan, USA / Hyderabad, India)

ISBN 978-93-5872-384-7

کتاب	:	**اپنا راستہ لو بابا** (کہانیاں)
مرتب	:	**بھیشم ساہنی**
صنف	:	فکشن
ناشر	:	تعمیر پبلی کیشنز (حیدرآباد، انڈیا)
سالِ اشاعت	:	۲۰۲۴ء
صفحات	:	۱۲۸
سرورق ڈیزائن	:	تعمیر ویب ڈیزائن

فہرست

دیباچہ

ہر زمانے کے ادب پر اس کے معاشرے کا رنگ رہتا ہے ، اس میں ہم زندگی کی ایک خاص دھڑکن محسوس کر پاتے ہیں۔ یہ صحیح ہے کہ ادب کا ذائقہ ہم زبانوں کی بنیاد پر نہیں لیتے ، ایسا ہوتا تو ہم صرف اپنے ہی زمانے میں لکھی کہانیاں پڑھتے (حالاں کہ اکثر ایسا بھی ہوتا ہے کہ معمر قارئین کو نوجوان ادیبوں کی چیزیں پسند نہیں آتیں ، وہ اس ادب سے جس سے وہ اپنی نوجوانی میں متاثر ہوئے تھے ، اتنے عادی ہو چکے ہوتے ہیں کہ انھیں بعد کا لکھنا پسند نہیں آتا۔ وہ اُن قدروں اور شناخت کے اس چوکھٹے میں صحیح نہیں بیٹھتی جان پڑتی ، جس چوکھٹے کے وہ عادی ہو چکے ہیں۔ لیکن یہ بات دوسری ہے۔) ان تفاریق کے ہوتے ہوئے بھی ایک زمانے کا ادب دوسرے زمانے کے ادب سے الگ نہیں ہو جاتا ، ان کے اندر پایا جانے والا گہرا انسانی درد انھیں دوسرے سے جوڑے رہتا ہے۔ یہ انسانیت ہی ادب کو لافانی بناتی ہے۔ صدیوں بیت جانے پر بھی اُسے پرانا نہیں پڑنے دیتی۔ یہ انسانیت ادب کو گزرا ہوا وقت بھی بناتی ہے اور وقت کے مطابق بھی۔ جو ادب اپنے زمانے میں سنگت ہوتا ہے وہ اسی انسانیت کی بنا پر، بعد میں بھی معنی خیزی لیے رہتا ہے۔ لیکن جہاں ادب میں انسانیت کے سوتے سوکھنے لگیں وہاں وہ اپنے زمانے میں ہی غیر متعلق پڑنے لگتا ہے۔ بعد کا تو کہنا ہی کیا۔

ہم یہ تو نہیں کہہ سکتے کہ ۴۷ء کے بعد ہندی کہانی نے نیا رُخ اپنایا۔ ادب میں ایسی لکیریں تو نہیں کھینچی جا سکتیں۔ لیکن اتنا ضرور کہہ سکتے ہیں کہ جہاں پہلے کے رجحانات کا اصرار رفتہ رفتہ سرد پڑتا گیا ، وہاں نئے نئے رجحانات سامنے آنے لگے اور رفتہ رفتہ کہانی اپنے ارتقار کے عمل میں نئی زمین توڑنے لگی اور اس کے ساتھ نئے نئے پھیلاؤ جڑنے لگے۔

اس میں شک نہیں کہ ناصحانہ اصرار کم ہوتا گیا۔ یہ پہلے سے ہی کم ہونے لگا تھا، لیکن اب یہ تکلیف دہ تھا۔ کہانی اس لیے لکھی جائے کہ کسی اخلاقی نتیجے کا صرف تماشائی بن کر رہ جائے، کہانی کا یہ تصور یقیناً پیچھے چھوٹ گیا لیکن اس کا یہ مطلب نہیں کہ ہندی کہانی مقصدیت یا اخلاقی قدروں کو ترک کرنے لگی تھی۔ ایسا نہیں تھا۔ بلکہ مقصدیت کا اصرار برابر بنا رہا، لیکن اب وہ کہانی میں کھپ کر سامنے آنے لگا۔ اسے کسی چوکھٹے میں فٹ بیٹھانے کی کوشش غلط جان پڑنے لگی تھی۔ کہانی کا پہلا چوکھٹا ٹوٹنے لگا تھا۔ اخلاقی وعظ کے ساتھ، زندگی کی آسانی کی جو عادت پائی جاتی ہے کالے اور سفید رنگوں میں دیکھنے کا رجحان، اس میں سے یقیناً ہی کہانی باہر نکلنے لگی تھی۔ اب سیدھا زندگی سے بات کرنے کی، اس کی پیچیدگیوں کو دیکھ پانے کی، اس میں اور گہرا ڈوبنے کی، اپنے کو تعصب سے نجات پانے کی عادت بڑھنے لگی تھی۔ رفتہ رفتہ 'اخلاقی نتیجہ' کہانی میں نہیں رہ گئے، 'انسانی صورتِ حال' کے مرکز میں آنے لگی تھی۔ اس سے یقیناً کہانی میں پھیلاؤ آیا اور اس میں زیادہ فنکاری بھی آنے لگی۔ انسانی رشتوں میں پائی جانے والی بے محلی، بدلتے معاشرے سے پیدا ہونے والی الجھنیں، کرداروں کے باطن میں اٹھنے والے تناؤ، نئے نئے دباؤ اور نئے نئے مسائل کہانیوں کے لیے پلاٹ جٹانے لگے۔ کہانیاں زیادہ مستند اور جاندار ہوکر سامنے آنے لگیں۔

یہ صحیح ہے کہ ہمارے یہاں آدرشوادی نظریے کا اصرار روایتی ہے۔ اس سے ادب میں انسانی قدروں کا نقصان تو نہیں ہوا لیکن زندگی کی صداقت پر ہماری گرفت بہت مضبوط نہیں ہوسکی۔ لیکن اب یقیناً لکھنے والے کی نگاہ پر غیر مجسم آدرشوں یا نظریے سے تھوڑا ہٹ کر زندگی کی حقیقت کی طرف زیادہ مائل ہونے لگا۔

ہندی کہانی میں ایک اور طرح کی رنگارنگی بھی آئی۔ ہندی جاننے والا صوبہ بہت بڑا ہے، اس میں سات صوبے آتے ہیں، اور ہندی میں لکھنے والے تو تقریباً سبھی صوبوں میں پائے جاتے ہیں ــــ اور یہ بھی ایک دلچسپ سچائی ہے کہ ہندی ادب کی خدمت غیر ہندی زبان کے لوگوں نے جتنی کی ہے، اتنی شاید ہندی زبان کے لکھنے والوں نے نہیں کی۔ اب راجستھان میں لکھی جا رہی ہندی کہانی اور بہار میں لکھی جا رہی

ہندی کہانی میں، زبان کے رہتے ہوئے بھی، دونوں کا اپنا اپنا رنگ ہوگا۔ ایک کی زبان میں راجستھانی کا پٹ ہوگا تو دوسری میں بھوجپوری کا۔ محاورے، روایتیں، مزاح، رسم و رواج وغیرہ وغیرہ۔ اس طرح ہندی کہانی کی رنگا رنگی بڑھی ہے، اور زبان مالامال ہوئی ہے۔ ہمارے یہاں کہا جاتا ہے کہ ہندی کہانی میں ہر دس سال بعد نسل بدل جاتی ہے اور ہر دس سال بعد ہی ایک نئی تحریک بھی کہانی کے میدان میں لہریں مارنے لگتی ہے اور یہ خاصیت صرف ہندی کہانی کی ہی ہے —— کہانی کا منچ آج تینوں نسلوں کے لکھنے والوں سے کھچا کھچ بھرا ہے۔ متعدد لکھنے والوں کے بارے میں تو اُن کی نسل تک طے کر پانا مشکل ہو رہا ہے۔ لیکن اُن کے تعاون سے کہانی متمول ہوئی ہے۔ میسرز رما کانت، شیکھر جوشی، سے را۔ یاتری، رویندر کالیا، مدرا راکشس، مہیپ سنگھ، ہمانشو جوشی، گنگا پرساد ومل، کامتا ناتھ، جگدمبا پرساد گپت، رام داس دکشت، رمیش بخشی، دھرمیندر گپت، رمیش اپادھیائے، مدھوکر سنگھ، یوگیش گپت، ستیش جمالی، ستین کمار، بلرام، دھریندر اسھانا، رمیش بترا، اسرائیل، وغیرہ وغیرہ کوئی کتنے نام گنائے۔

ہندی کہانی نے اپنے ارتقائی سفر میں متعدد پڑاؤ پھاندے ہیں۔ ایک طرف وہ ہندوستانی ادب کی انسانیت پسندی کی روایت سے جڑی رہی ہے، دوسری طرف وہ آج کی زندگی سے ملاقات کرتی ہوئی موجودہ جذباتی موضوع کو جذب کرتی رہی ہے۔ سب سے بڑی بات کہ وہ زندگی میں گہرائی سے جڑتی چلی گئی ہے۔ بھلے ہی موضوع کی نگاہ سے اس میں زیادہ وسعت نہ آئی ہو لیکن اس میں یقیناً گہرائی آئی ہے۔ ہندی ادب کی یہ ابھی بھی سب سے زیادہ مقبول صنف ہے، شاید اسی لیے مختلف زاویوں سے، مختلف رجحانات سے متاثر ادیبوں نے اس صنف کو اپنایا ہے۔ بھلے ہی یہ کبھی ایک طرف تو کبھی دوسری طرف کو جھکتی رہی ہے، اپنا توازن کھوتی رہی ہے، لیکن اس سب کے رہتے، اس نے زندگی کا دامن نہیں چھوڑا، اسی وجہ سے آج بھی اس کی سرگرمی اور اثرات بنے ہوئے ہیں اور یقیناً مستقبل میں بھی اس کے ہاتھوں ہمارے ملک کا ادب مالامال ہوتا رہے گا۔

بھیشم ساہنی

کاشی ناتھ سنگھ

اپنا راستہ لو بابا

جس وقت دیو ناتھ میوالال کی پان کی دکان پر 'وِلس فلٹر' کا پیکٹ خرید رہے تھے اُسی وقت بغل والی دکان سے ایک آواز سنائی پڑی جو اس گلی کا نام پوچھ رہی تھی، جس میں وہ رہتے تھے۔

حالاں کہ اس گلی میں تنہا وہی نہیں رہتے تھے، سیکڑوں لوگ رہتے تھے۔ پوچھنے والا آدمی کہیں بھی، کسی کے بھی گھر جا سکتا تھا لیکن آواز کچھ جانی پہچانی سی لگ رہی تھی۔ تجسس کے باوجود وہ اس طرف دیکھنے کی ہمت نہیں جٹا سکے، چہرہ دوسری طرف گھمائے رہے۔ انھوں نے جھٹ پٹ گھر تک پہنچنے والا وہ تنگ راستہ پکڑا جو عام نہیں تھا۔

جاڑے میں سورج ڈھلتے ڈھلتے ہی شام گھرنے لگتی ہے اور ٹھنڈ بڑھنی شروع ہو جاتی ہے۔

گھر میں داخل ہونے سے پہلے ہی انھوں نے دیکھ لیا کہ اندر والے کمرے میں ان کے دونوں بچے ہنگامہ مچائے ہوئے ہیں اور بیوی آشا اس دھما چوکڑی پر سو جان سے نچھاور ہوئی جا رہی ہے۔ وہ تھوڑی عجلت میں تھے۔ انھوں نے بچوں کو ڈانٹا، اور اوپر بھگایا، آشا سے بتایا کہ سر درد سے پھٹا جا رہا ہے اور آرام کرنے جا رہا ہوں۔ کوئی آئے تو بول دینا، 'بیمار ہیں'۔ انھوں نے ہدایت دی،" اور

'دیکھو! نیچے اترنے کی ضرورت نہیں، جنگلے سے ہی بولنا'
آشا گھبرائی۔ اس نے ان کا ماتھا چھوا —— تھوڑا سا جلتا ہوا سا لگا۔ اُسے پریشانی اس بات سے ہوئی کہ ابھی ابھی سگریٹ کے لیے باہر نکلنے سے پہلے ایک دم ٹھیک ٹھاک تھے۔ اس نے سر میں تیل لگانے کا اصرار کیا لیکن دیو ناتھ اکھڑ گئے۔
'جتنا کہتے ہیں، اتنا ہی سنا کرو'
وہ من مارے سیڑھیوں کی طرف بڑھی۔
انھوں نے دروازہ بند کیا، رضائی کھینچی اور منہ ڈھک کر لیٹ گئے۔ سیمل کی روئی والی تکیہ کے بیچوں بیچ سر دبایا تاکہ اغل بغل کے حصّے اٹھ جائیں اور ان سے دونوں کان ڈھک جائیں۔
پھر اچانک رضائی پھینک کر وہ سیڑھیوں پر دوڑے، 'یہ مت کہنا کہ بیمار ہیں، کہنا کہ باہر گئے ہیں —— آوٹ آف اسٹیشن'
اپنی طرف سے پوری احتیاط برت کر وہ نیچے آئے اور پہلے کی طرح لیٹ گئے۔ ان کا دھیان بار بار 'خطرے' پر مرکوز ہو رہا تھا اور وہ بار بار دماغ کو اُدھر سے بھگا رہے تھے اور کسی ایسی بات پر روکنا چاہتے تھے جو دلچسپ بھی ہو اور مفید بھی، اُس سے نیند آنے میں سہولت ہوگی۔ انھوں نے سوچا اور کوشش کر کے وہ 'نقطہ' پکڑ لیا۔
'مانس نگر' میں وہ جو بنگلہ بنوائیں گے، اس میں چہار دیواری کے چاروں کونوں پر اشوک کے پیڑ ہوں گے، سامنے خوبصورت سالان ہوگا اور 'مہمان خانہ' اتنا سجا اور شاندار ہوگا کہ کمشنر صاحب سرکٹ ہاؤس میں ٹھہرنے کے بجائے یہیں رُکنا پسند کریں گے اس وقت تک وہ بھی 'اے' کلاس میں پہنچ گئے ہوں گے اور انھیں آنے میں اعتراض نہ ہوگا۔ 'مہمان خانہ' کا نقشہ کیسا ہو، یہ سوچتے ہوئے انھوں نے 'مسوری' اور 'نینی تال' کے کچھ کاٹجوں کو یاد کرنا شروع کیا۔
اسی درمیان باہر کچھ ہلچل کی آہٹ ملی اور آشا نے دروازہ کھول دیا۔ 'سنو اس چوک میں آس پاس دیو نام کا کوئی کرائے دار تو نہیں ہے نا؟'
انھوں نے بیوی کی طرف دیکھتے ہوئے اپنا ماتھا ٹھونکا۔
'میں کب سے مکان مالکن سے کہہ رہی ہوں لیکن کوئی بوڑھا دیہاتی ضد کر رہا ہے

کہ نہیں، نہیں ہیں! آشا نے صفائی دی۔

دیوناتھ اٹھ کر بیٹھ گئے۔ رزائی ایک کنارے کی اور پاؤں چپل میں ڈالا انھیں بیوی کی عقل پر ترس آیا اور سوچا —— سمجھدار کے لیے اشارہ ہی کافی ہوتا ہے لیکن ...، وہ غصّے میں بغیر اس سے بولے، ڈرائنگ روم پار کرتے ہوئے باہر آ گئے۔

'ارے بینچو بابا! وہ آنکھیں ملتے ہوئے دروازے پر کھڑے تھے، 'کہاں سے چلے آرہے ہیں؟ کوئی پریشانی تو نہیں ہوئی؟'

بینچو بابا کے سر پر گگرا تھا۔ انھوں نے ہانپتے ہوئے اُسے اتارا، ہاتھ میں اٹھائے ڈرائنگ روم میں داخل ہوئے اور لاٹھی ایک کونے میں کھڑی کی۔ پھر بھیڑ کے اون والا کمبل صوفے کی بانہہ پر رکھا، پگڑی کھولی اور چہرے کو چھپائے داڑھی مونچھوں کے جھاڑ کو اس کے کنارے سے رگڑا اور کمرے کے چاروں طرف اوپر نیچے نظر ڈالی۔ آخر میں، شیشہ لگے میز کی دوسری طرف قالین بچھے تخت پر دیوناتھ کی طرف دیکھتے ہوئے آنکھیں مچ مچاکر مسکرائے۔

کچھ دیر چپ چاپ مسکراتے رہنے کے بعد اٹھ کر ان کے پاس پہنچے اور دونوں ہتھیلیوں سے سر، جبڑے، کندھے، باہیں، گھٹنے ٹٹول کر، دبا کر چھو کر دیکھا۔ پھر اپنی آنکھیں اُن کے چہرے کے پاس لے گئے اور پھپھک پڑے، 'بچّوا! دیئو! تو ہی ہے نا! سیٹھا ہوگیا تو! ارے، اپنا گاؤں گھر ہے۔ باپ دادا کی نشانی ہے۔ کوئی دور بھی نہیں گیا ہے۔ کبھی کبھی تو آیا کر۔ کام وہی دے گا۔ گھوم پھر کر وہیں آئے گا، بتائے دیتے ہیں!

بابا اپنی عادت کے مطابق اس طرح چیخ چیخ کر بول رہے تھے جیسے دیوناتھ بہرے ہوں۔

اب تک دیوناتھ کے دونوں بچّے دروازے پر کھڑے ہو گئے تھے اور حیرت اور ڈر سے بابا کو دیکھ رہے تھے۔ وہ انھیں دیکھتے، پھر ایک دوسرے کی طرف دیکھنے لگتے۔

دروازے پر بچّوں کے کھڑے ہونے سے ڈرائنگ روم میں کچھ اندھیرا جیسا

ہوگیا تھا جس کا احساس بابا کو ہو گیا۔ انھوں نے دیوناتھ سے پوچھا، 'اپنے ہی پوتے ہیں نا؟' دیوناتھ نے جیسے ہی سر ہلایا، بابا ہاتھ بڑھائے کھڑے ہو گئے۔ انھوں نے پلکتے ہوئے چھاتی پر ہاتھ رکھ کر اپنا تعارف کرایا، 'پہچانتے ہو بابا کو؟'

بچے انھیں آگے بڑھتے دیکھ کر الٹے پاؤں بھاگے۔

'نہیں پہچانتے اور پہچانیں گے بھی کیسے؟' وہ دیوناتھ کو دیکھ کر ہنسنے لگے اور اپنی جگہ آ بیٹھے، 'دیکھو! کتنے بڑے ہو گئے ہیں سب۔ وقت جاتے دیر نہیں لگتی، جب اتنے سے تھے تبھی میں نے دیکھا تھا۔'

دیوناتھ نے حامی بھری لیکن ان کی ہنسی میں ساتھ نہیں دیا۔ وہ اٹھے اور اندر گئے۔ میز پر گلاس اور پانی سے بھرا جگ رکھا اور کچھ لانے کے لیے اوپر چلے گئے۔

آشا گیس پر چائے بنا رہی تھی اور بچے اس کے آس پاس کھڑے ہو کر وہ سارا کچھ سنا رہے تھے جو نیچے دیکھ کر گئے تھے۔ چھوٹا اس کا گاؤن کھینچ کھینچ کر کچھ اچنبھے کی باتیں بتا رہا تھا۔

'صرف چائے سے نہیں چلے گا۔' رسوئی کے دروازے پر کھڑے ہو کر دیوناتھ بولے۔

آشا ان کی طرف مڑی، 'یہ دیہاتی بُڑھے ہے کون جی؟'

'گاؤں پر ہمارے گھر کے بغل والے نہیں ہیں سودا ما؟ ہمارے پٹی دار؟ انھیں کے باپ ہیں؟' انھوں نے خلاصہ کیا۔

'دیتو،' بڑا بچہ دھیرے سے بولا اور تالی پیٹتے ہوئے اندر بھاگا۔ دیوناتھ نے اسے دوڑانے کی ایکٹنگ کی اور سبھی لوگ ایک ساتھ ہنس پڑے۔

آشا سنجیدہ ہو گئی اور کچھ دیر سوچتی ہوئی کھڑی رہی۔ وہ سوچ رہی تھی چائے کے 'سوا' کی چیز کے بارے میں۔ اسے کچھ سوجھ گیا۔ وہ رسوئی گھر سے نکل کر پیچھے والے کمرے میں گئی، الٹ پلٹ کیا اور طشتری میں دو مٹھائیاں رکھ کر آ گئی۔

دیوناتھ طشتری اپنی ناک کے پاس لے گئے اور منہ بنایا، 'یہ تو سل گئی ہیں اور بہت بدبو کر رہی ہیں۔ کب کی ہیں؟'

'پچھلے ہی ہفتے تو اگروال دے گیا تھا۔ جانے کیسی بھجوائی کہ کسی نے چھوا

تک نہیں۔ ٹھہری رے گئی سب۔ بس یہی دورہ گئی تھی ان کے بھاگ سے،' اس نے طشتری رکھ دی اور چائے ڈھالنے لگی۔

' اور کل جو شام لال دے گیا تھا؟'

' تم تو خواہ مخواہ ایک نہ ایک اڑچن لگاتے رہتے ہو۔ ان کے لیے تو مٹھائی ہی بڑی بات ہے۔ ملتی کہاں ہوگی گاؤں میں؟' اس نے طشتری کے بغل میں چائے بھی رکھ دی۔

دیوناتھ نے اپنے اندر بابا کے لیے ہمدردی محسوس کی۔ یہ ٹھیک ہے کہ انہیں اچھے خراب کا پتہ نہیں چلے گا اور پسند آئے گی۔ لیکن جس ٹون میں آشا نے کہا تھا، انھیں تھوڑا کھل گیا۔

انھوں نے چپ چاپ پیالہ اور طشتری اٹھائی اور نیچے آئے۔ انھوں نے اپنے ڈرائنگ روم کی اس بدحالی کا تصور تک نہیں کیا تھا۔ یہ تو اچھا ہوا تھا کہ ابھی تھوڑے دن پہلے قالین اٹھوا کر رکھوا دیا تھا ورنہ سب چوپٹ تھا۔ دروازے سے لے کر میز اور صوفہ تک کا فرش پانی میں بھیگا تھا۔ ظاہر تھا کہ بابا نے ہاتھ پیر دھوئے ہوں گے اور کلّی کی ہوگی۔ ان کی لاٹھی تو کونے میں کھڑی تھی لیکن دوسرے سامانوں کے ساتھ وہ اندر والے کمرے میں چلے گئے تھے۔

بھیگے پیروں کے نشان چوکھٹ کی طرف جاتے دکھائی پڑے۔' گیا! گیا سارا کچھ!' ان کے اندر خوف پیدا ہوا۔ انھوں نے آواز دی،' بابا!' اور اندر داخل ہوئے۔ بابا ان کے پلنگ پر لیٹے ہوئے تھے۔ ان کے ایک پیر پر دوسرا پیر تھا جس کے تلوے بوائے سے پھٹے اور مٹّی میں سنے تھے۔ انھوں نے صاف ستھری دُھلی چادر پر تین چار گہرے مٹ میلے نشان دیکھے اور ان کا دل بیٹھ گیا انھیں بُرا تو بہت لگا لیکن افسوس خود پر ہی ہوا، اگر باتھ روم دکھا کر سمجھا دیا ہوتا تو ایسا نہ ہوتا۔ لیکن انھیں بھی تو پوچھ لینا چاہیے تھا۔ انھوں نے من ہی من کہا۔

' لیجیے، چائے ہے،' دیوناتھ نے میز پر طشتریاں رکھتے ہوئے کہا۔

بابا کراہتے ہوئے اٹھے اور ایک مٹھائی اٹھا کر اسے غور سے دیکھا، بچے ہوئے بغل کے دانتوں سے کاٹا، دیوناتھ کو دیکھتے ہوئے سر ہلایا اور منہ کھول کر

اندر پھینک دیا۔ بتاؤ، ایسی چیزیں دیہات میں کہاں میسر ہوتی ہیں؟

مٹھائیاں ختم کرنے کے بعد انھوں نے چائے دو تین بار پھونکی اور زور سے سُڑک لی۔ پہلی ہی گھونٹ میں زبان جل گئی۔ انھوں نے ٹھنڈی ہونے کے لیے نیچے رکھ دی۔

'یہ کوٹھا بھی اپنا ہی ہے؟' انھوں نے انگلی سے چھت کی طرف اشارہ کیا۔ پھر کمرے میں دکھائی پڑنے والی ایک ایک چیز کے بارے میں تفصیل سے پوچھنے لگے فوٹو، پینٹنگ، مٹی اور میٹل مورتیاں، کھلونے، 'ٹو اِن وَن' کیسیٹ اسٹینڈ، ڈرائنگ روم کے صوفہ، قالین —— وہ پوچھتے جاتے اور چھو چھو کر دیکھتے جاتے۔ زیادہ تر چیزیں ان کی سمجھ میں نہیں آ رہی تھیں۔ اور کچھ تھیں جن کی قیمت سُن کر وہ چونک اٹھتے اور بتاتے کہ اتنے میں تو ایک بیل یا بھینس یا گنا پیرائی کی مشین آجاتی۔ فوٹو دیواروں کے اوپر تھے اس لیے انھیں لاٹھی کے کنارے سے چھوکر پوچھا۔ لیکن سب سے زیادہ حیرت انھیں ہوئی پھولدان میں رکھے ہوئے پتّوں سمیت گلاب کے پھول کو دیکھ کر۔ یہ کیسا پھول ہے جو اتنے دنوں میں نہ سوکھا ہے، نہ بڑھا ہے اور بغیر کھاد مٹی کے صرف پانی میں ہرا بھرا ہے؟

دیوناتھ ان کے پیچھے پیچھے گھومتے گھومتے ہوئے جھنجھلا رہے تھے لیکن اندر ہی اندر خوش بھی ہو رہے تھے کہ بابا جاکر گھوم گھوم کر دیہات میں ان کے رتبہ کا ڈھنڈورہ پیٹیں گے۔

'یہ پلاسٹک کا ہے!' انھوں نے ہنستے ہوئے اونچی آواز میں بتایا۔

'ہونہہ! تبھی تو!' بابا گلدان سمیت گلاب ناک تک لے گئے، اس کی پتّیوں اور پنکھڑیوں کو چٹکیوں میں مَسلا اور پھر اس کی جگہ رکھ دیا، 'خوش کر دیا بیٹا! اَریات کریات میں کمانے والے تو بہت ہیں لیکن تینے جتنا جتایا ہے، تیری جو عزت اور شہرت ہے، بھگوان کرے بنی رہے!'

دیوناتھ اُن کے پیچھے کھڑے ہو کر خلوص سے ہتھیلیاں مسلتے رہے۔

'اچھا، یہ بتا کہ سب سسرال سے ملا تھا یا خریدا ہے؟' انھوں نے پھر پلنگ پر بیٹھتے ہوئے تجسس سے پوچھا۔ اس کے سوا دو چار اور باتیں، جن میں ان کی تنخواہ اور

اوپری آمدنی بھی تھی، پوچھ کر، مطمئن ہوکر اور فخر سے چھاتی تان کر چائے غٹک لی، پھر جالی دار کھڑکی کے پاس کھڑے ہوئے، انگوٹھے سے دائیں ناک دبائی اور سانس کھینچ کر زور سے چھینکا '' بہت خوب دیو! بس ایک گیا ہی باقی ہے۔ وہ بھی ہو جائے تو لڑکوں بچوں کے لیے ایک گورس کی جھنتا ہی ختم۔'

بچوں کا خیال آتے ہی وہ پھر بیٹھ گئے '' دیوناتھ! جب میں تیرے پاس چلنے کو ہوا تبھی خیال آیا کہ اسے تو کچا رس بڑا اچھا لگتا تھا اور سیوان میں بڑے چاؤ اور خوشی سے ہورہا کھاتا گھومتا تھا۔ اب اسے کہاں ملتا ہوگا؟ لڑکے ہیں، بالے ہیں، پتوہ ہیں ___ یہ سب ترس جاتے ہوں گے۔ شہر میں سب کچھ ہے لیکن یہ سب تو نہیں ہے نا۔ سدا ما بڑبڑاتے رہے، لیکن میں نے کہا ___ نہیں، جب ہم بیٹے کے یہاں جا رہے ہیں تو ایسے نہیں جائیں گے۔ کھرپت سے تو کھوا نیم والے کھیت سے مٹر اکھڑوایا، ہورہا بھنوایا اور کوہواڑ سے گگرے بھر رس منگوایا۔ یہ دیکھو...' انھوں نے گگرے میں اوپر جھانکتا آم کا پتّو باہر نکالا اور فرش پر بوندیں ٹپکاتے پتّوں سمیت اندر ڈال دیا، '' اور یہ دیکھو!

انھوں نے گچھے میں بندھی جھول کھولنی ہی شروع کی کہ دیوناتھ کے پران سوکھنے لگے۔ انھیں لگا کہ اب وہ مٹھی بھر اٹھا کر اوپر سے نیچے گرائیں گے اور سارا بستر گندگی سے بھر جائے گا لیکن بابا نے دکھا کر باندھ دیا۔

' تو دسے آؤ۔ کہاں میسّر ہوتا ہے سب کو۔' انھوں نے اپنی بات ختم کی۔

دیوناتھ فرش پر پھیلی ہوئی بوندوں کو دیکھ رہے تھے اور سوچ رہے تھے ___ تھوڑی دیر بعد یہاں چینٹیاں اور چینٹے آئیں گے، پوری فرش چٹ چٹ کرنے لگے گی اور دونوں کمرے اس جاڑے میں دُھلوائے بغیر کام نہ چلے گا۔

'آپ چلے کس مطلب سے ہیں، یہ تو بتایا نہیں؟' دیوناتھ نے پوچھا۔

' مطلب؟' بابا کو یہ سوال بڑا ہی اُٹ پٹا لگا۔ وہ کچھ دیر گھورتے رہے، 'تو مجھ سے مطلب پوچھ رہا ہے؟ باپ کس مطلب سے بیٹے کے ہاں جاتا ہے؟'

دیوناتھ اپنی غلطی پر جھجکے، 'نہیں بابا، میرے پوچھنے کا مطلب تھا کہ کس

لیے آئے ہیں؟'

'ہاں تو ایسے پوچھ!' بابا نے راحت کی سانس لی، 'ہے یہ بیٹا کہ ہسپتال میں بھرتی ہونا ہے۔ جس کسی ہسپتال میں کروا دو۔ اب برداشت نہیں ہوتا۔ کبھی کبھی ایسا درد اٹھتا ہے پیٹ میں کہ پوچھو مت۔ غش آجاتا ہے۔ تین سال سے۔ لیکن ادھر جب چاہے، ہونے لگتا ہے۔'

بابا بولتے گئے اور دیوناتھ منہ لٹکائے چپ چاپ سنتے رہے، پاخانے کے بارے میں، پیشاب کے بارے میں، بھوک کے بارے میں، گھٹنوں اور دیڑھ کے درد کے بارے میں، سانس پھولنے کے بارے میں ——— اور ان سب باتوں سے نتیجہ نکلتا تھا کہ ہسپتال میں بھرتی ہوئے بغیر کام نہ چلے گا۔ دیوناتھ بڑے آدمی ہیں' ان کا اتنا نام اور شہرت ہے اور سبھی ڈاکٹر، حکیم ان کے دوست یار ہوں گے تو بھرتی بھی ہو جائیں گے اور دوا دارو کا بندوبست بھی ہو جائے گا۔

' ایسے۔' انھوں نے گنجی نیچے سے اٹھائی اور دھوتی کی مری کی طرف اشارہ کیا، 'فکر نہ کرنا۔ سُداما کی چوری کے کچھ روپے بچا کے رکھے ہیں میں نے... لیکن ایسا کرو، یہ رس اور ہورہا پہلے اوپر پہنچا آؤ۔ بچے ڈھونڈ رہے ہوں گے کہ بابا کیا لائے ہیں؟'

دیوناتھ یا تو سُن نہیں رہے تھے یا بڑے غور سے سُن رہے تھے۔ وہ گم صُم فرش کی طرف تاک رہے تھے جہاں چینٹیاں قطاریں بنانے میں لگ گئی تھیں۔ ان کے ماتھے پر فکر کی لکیریں تھیں کیوں کہ بابا انھیں کہیں سے مریض نظر نہیں آرہے تھے۔ وہ تھوڑی دیر چٹکیوں میں اپنی بھنویں مسلتے رہے۔

'فکر کیوں کرتا ہے پاگل!' بابا نے اُٹھ کر ان کی پیٹھ تھپتھپائی اور بانہہ پکڑ کر کھڑا کر دیا، 'اٹھ، دے آ۔' دیوناتھ نے بتی جلائی اور گگرا گچھا لے کر اوپر چلے۔

ڈائننگ ہال میں کرسیوں پر بیٹھ کر بچے کتاب پڑھ رہے تھے، گرمی کا موسم تھا۔ ایک پیڑ پر مینا بیٹھی تھی...، گگرا دیکھتے ہی وہ کتاب کاپی چھوڑ کر دوڑے دونوں نے اس کے اندر ایک ساتھ ہی جھانکا کہ بڑے نے ہاتھ ڈال کر اس کے

اندر سے لکڑی نکالی تو آم کا پلو نظر آیا۔ دوسرے نے چلا کر اس کی گردن پر چپکا گوبر دکھایا اور دونوں نے ممی سے کہا، 'دیکھو کہا تھا نہ ہم نے؟ بوڑھوا دیکھنے سے ہی گندا لگ رہا تھا۔'

آشا کرسی پر بیٹھے بیٹھے سبزی کاٹ رہی تھی۔ اس کی نظر برابر دیوناتھ پر تھی جو دوسرے سرے پر کرسی کھینچ کر بیٹھ گئے تھے اور چپ تھے۔

'رات کو ٹھہرے گا کیا؟' اس نے پوچھا۔

دیوناتھ نے جھلا کر کہا، 'میں نے تم سے کہا تھا کہ، کہہ دینا، نہیں ہیں۔ اب بھوگو۔'

'عقل نہیں ہے کیا تمھیں؟ شہر کا ہوتا تو لوٹ بھی جاتا لیکن یہ...'

'لیپا پوتی مت کرو۔ کہہ رہے تھے کہ چوک میں کہیں اپنے یہاں کا بدھو گوڑ رہتا ہے۔ وہاں بھی جا سکتے تھے اور ہم نہ ملتے تو کون جانے، چلے ہی جاتے۔'

آشا چپ ہو گئی اور آلو چھیلنے لگے۔

ہسپتال میں بھرتی ہونے کے لیے آئے ہیں۔ ایک تو کسی طرح بھرتی کراؤ، دوسرے دیکھ بھال کرو، دوا دارو خریدو، ڈاکٹر کے کہے کے مطابق کھانا بنوا کے پہنچاؤ۔'

'کیوں نہیں کہہ دیتے کہ فرصت نہیں ہے مجھے۔'

'تمھیں کچھ پتہ نہیں ہے گاؤں کا۔ پتا کے بڑے بھائی ہیں یہ۔ سگے بھائی۔ ابھی دس سال پہلے الگ ہوئے تھے۔ اپنے بیٹے سے زیادہ مانتے رہے ہیں مجھے۔ ایسے ہی لوٹ جائیں گے تو لوگ طعنہ ماریں گے—— کہیے، کیا ہوا آپریشن کا؟ کس حوصلے سے گئے تھے؟ اپنا بیٹا ہے، آکاش پاتال ایک کر دے گا، کچھ اٹھا نہیں رکھے گا، سمجھا؟'

'اپنے بیٹے کو کیوں نہیں لائے؟'

'شدا ما؟ سوچا ہوگا وہ چلا جائے گا تو کھیتی برباد ہو جائے گی۔ اکیلا لڑکا ہے۔ دوسرے وہ انھیں گھاس بھی تو نہیں ڈالتا۔ پروا ہی کہاں ہے اسے ان کی۔ ارے رے رے...'

دیوناتھ لپکے۔ بچے گلگرا گھسیٹ کر موری کے پاس لے گئے تھے اور سارا رس ڈھلکا رہے تھے۔ جب تک وہ پکڑتے وہ خالی ہو چکا تھا۔ اُٹھا کر اُسے ہلایا تو معلوم ہوا ایک آدھ لوٹا بچ گیا ہے۔ انھوں نے بڑے کا کان پکڑ کر ہٹایا۔

'جانے کیسا بدبو کر رہا تھا پاپا'، بڑے نے بتایا۔

آشا بولی' چھوڑ دو۔ صبح مہری کو دے دیں گے۔'

دیوناتھ پھر ماتھا پکڑ کر بیٹھ گئے۔ ان کا ذہن کام نہیں کر رہا تھا۔ آشا بھی گمبھیر ہو کر چاول چننے لگی تھی۔ بیچ بیچ میں نظریں اُٹھتیں اور انھیں دیکھ لیتی۔ جب دیوناتھ کی آنکھیں اس کی آنکھوں سے ملیں تو بھُن بھنائی، 'سمجھ لو تم! اتنا کہے دیتی ہوں کہ مجھ سے روز روز کا کھانا نہیں بنے گا۔ یہی ہے تو کوئی نوکر رکھو، چاہے جو کرو۔ ایک دو دن کی بات اور ہے۔ بابا یا جو بھی ہوں گے تمھارے ہوں گے۔ میرے کچھ نہیں ہیں۔ اپنی بھولائیں، کرائے کا کمرہ لیں یا دھرم شالہ میں رکھیں، بنوائیں کھائیں۔ میں یہ سب لفڑا نہیں پالتی۔'

بچّے بھی بزرگوں کی طرح گال پر ہاتھ رکھے کرسیوں پر چپ چاپ بیٹھ گئے تھے اور پاپا ممّی کی باتیں دھیان سے سُن رہے تھے۔ جب ایک بولتا تو وہ بولنے والے کی طرف نہیں، سننے والے کی طرف دیکھتے اور ردِّ عمل سمجھنے کی کوشش کرتے۔

لیکن دیوناتھ کو دیکھ کر نہیں لگ رہا تھا کہ انھوں نے آشا کی باتیں سنی ہوں۔ وہ سگریٹ پیتے ہوئے کبھی سر کھجاتے اور کبھی پنڈلی۔

'ایک مشکل اور ہے۔ اگر انھیں بھرتی کروایا، تیمارداری کی، دوا کی، کھانا پہنچایا اور مان لو، ٹھیک ہو گئے تو گاؤں جوار میں گھوم گھوم کر کہتے پھریں گے، گن گائیں گے، بڑائی کریں گے اور اس کے بعد ساری زندگی بھگتو۔ جیسے بھی زکام ہوگا، بیماری کے نام پر شہر گھومنے، ہوا پانی بدلنے، سرکس دیکھنے آیا کرے گا۔ آپریشن اور مرنے والوں کی تو بات ہی چھوڑو۔' وہ اپنے آپ بولتے رہے۔

آشا منہ پھلائے ہوئے اٹھی اور گیس جلا کر چاول رکھ دیا۔

دیوناتھ نے سگریٹ پھینکا اور نیچے چلے۔

بابا پلنگ پر خرّاٹے لے رہے تھے۔ ان کی آنکھیں تھوڑی کھلی تھیں اور ہونٹ 'پھرر، پھرر' کرتے ہوئے سانس کے ساتھ پھڑک رہے تھے۔ اُن کے ہونٹوں کے بائیں کنارے سے رال بہہ کر تکیے کو بھگو رہی تھی۔ سب سے بھونڈی بات یہ تھی کہ کمرے میں جانے کہاں سے مکھیاں آگئی تھیں اور ان کے چہرے اور گردن پر اُڑنے لگی تھیں۔

دیوناتھ نے فوراً اپنا سوٹ پہنا اور ٹائی کی گرہ ٹھیک کی، بابا کو جگایا اور باہر آکر اسکوٹر اسٹارٹ کرنے لگے۔ انھیں لاٹھی کے ساتھ نکلتے دیکھ کر پھر اُسے کھڑا کر دیا۔

'اس کی ضرورت نہیں۔ ڈاکٹر کے یہاں چل رہے ہیں، راستے بات کریں گے۔' انھوں نے اونچی آواز میں کہا اور لاٹھی اندر رکھ دی۔

وہ جس وقت آشا سے مشورہ کر رہے تھے، انھیں اپنے دوست ڈاکٹر گرگ یاد آرہے تھے۔ جو شہر کے ایک کنارے رہتے تھے اور تھوڑے دن پہلے ہی کام سے ان کے گھر آئے تھے۔ پٹرول کے ہی خرچ کی بات تھی ورنہ اُن سے کام بن سکتا تھا۔ انھوں نے چھوٹا موٹا لالچ چھوڑنے کا فیصلہ کیا تھا اور اب شہر کے بیچ سے بابا کو اُڑائے لیے جا رہے تھے۔

پیچھے بیٹھے بابا کو ڈر بھی لگ رہا تھا اور مزہ بھی آرہا تھا۔ وہ دیوناتھ کی سیٹ کا پشت کس کر پکڑے ہوئے اس طرح تن گئے تھے جیسے رسّی پکڑے ہوئے ہینگا پر کھڑے ہوں۔ وہ آس پاس بتیوں سے جگمگاتی ہوئی دُکانوں کو دیکھ لینا چاہتے تھے لیکن مشکل یہ پڑ رہی تھی کہ بائیں دیکھتے تو داہنے کی دُکانیں چھوٹ جاتیں اور داہنے دیکھتے تو بائیں کی۔ اور کبھی کبھی ڈر کی وجہ سے دونوں طرف کی دُکانیں بغیر دیکھے ہی نکل جاتیں۔ لیکن بھیڑ بھاڑ کے درمیان جس باریکی سے دیوناتھ اسکوٹر نکال رہے تھے، بابا اُن کی صلاحیت پر عش عش کر اٹھتے تھے اور انجانے ہی کبھی ان کے منہ سے 'واہ' پھوٹ پڑتا اور کبھی 'ہنسی'۔ اسکوٹر جب کھلی سڑک سے گزرا تو انھیں تھوڑی سہرن محسوس ہونے لگی۔ انھوں نے پگڑی کھینچ کر

کان ڈھانپنا ہی چاہا کہ ایک بڑی عمارت کے سامنے وہ کھڑا ہو گیا۔

انھیں اس طرح اس کا اچانک رُکنا اچھا نہیں لگا لیکن دیوناتھ اس کا ہینڈل پکڑے پکڑے کھڑے ہو گئے تھے۔ بابا کے اترنے کے ڈھنگ سے اسکوٹر الٹتے الٹتے بچا۔ اُسے گالی دیتے ہوئے وہ زمین پر کھڑے ہوئے اور دُکان پر سرسری نگاہ ڈالتے ہوئے دیوناتھ کے پیچھے 'دواخانہ' میں داخل ہوئے۔ مریضوں کی بھیڑ دیکھ انھیں اطمینان ہوا کہ دیوناتھ کوئی ایسے ویسے ڈاکٹر کے پاس نہیں لایا ہے۔

جہاں لوگ باری باری سے بلائے جانے پر پردے کے اندر جا رہے تھے، وہیں دیوناتھ بغیر کسی روک ٹوک کے بے کھٹکے اندر چلے گئے۔ اس بات پر بابا نے چاروں طرف دیکھا۔ انھوں نے اپنے سامنے بنچ پر بیٹھے مریض سے خوش ہو کر بتایا 'اپنا بیٹا ہے۔ صاحب ہے'، تھوڑی دیر بعد ہی ایک آدمی سہارا دے اُنھیں اندر لے گیا۔

ڈاکٹر کی عمر کوئی زیادہ نہیں تھی پھر بھی تجربہ کار اور قابل لگ رہا تھا۔ دیوناتھ کی طرح اس نے بھی انھیں 'بابا' کہا اور خلوص سے باتیں شروع کیں۔ دیہات کے بارے میں، گھر کے بارے میں، کھیتی باڑی کے بارے میں۔ انھوں نے شبہ سے دیوناتھ کو دیکھا، جیسے یہ کیسا ڈاکٹر ہے جو مرض کے بارے میں پوچھ ہی نہیں رہا ہے۔ لیکن اس نے دھیرے دھیرے جب ان کی پلکیں، ہونٹ، زبان، پیٹھ، سینہ، گھٹنے مشین لگا کر، اوزار سے ٹھونک ٹھونک کر دیکھنا شروع کیا تو انھیں سمجھنے میں دیر نہیں لگی۔ اس نے کئی سوال کیے اور انھوں نے سانسیں لے لے کر تفصیل سے بتایا۔

اس کے بعد وہ ایک طرف پردے کے پیچھے لے گیا اور پیٹھ کے بل لٹا کر پیٹ اِدھر اُدھر سے دبا کر، پاخانہ، پیشاب، ہاضمہ اور درد کی قسم کے بارے میں دیر تک پوچھتا رہا۔ آخر میں کپڑے ٹھیک کر کے باہر جانے کے لیے کہہ کر کرسی پر آ بیٹھا۔ اس نے دیوناتھ سے اپنا شبہ ظاہر کیا، '' شاید پرائمری اسٹیج ہے۔ ایکسرے جانچ وغیرہ تو کرائیں ہی بایپسی ضروری ہے۔ فکر کی کوئی بات نہیں ٹھیک ہو جائے گا۔

بابا نے آخری جملہ سن لیا اور دیوناتھ کے بغل میں کھڑے ہو گئے لیکن تب تک انگریزی میں باتیں ہونے لگی تھیں، اور اُن دونوں کی گٹر پٹر ان کے پلّے نہیں

پڑ رہی تھی۔

بابا کو اپنی طرف دیکھتے ہوئے دیکھ کر ڈاکٹر نے کہا، 'دیوناتھ جی کو بتا دیا کہ آپ کو کچھ نہیں ہے'۔

گلے میں لٹکے آلہ، میز اور کمرے کے دوسرے اوزاروں کو دیکھتے ہوئے احسان مندی سے بابا نے ہاتھ جوڑے، 'بھگوان آپ کو لمبی عمر دے، سرکار!'

کہنے کے فوراً بعد ہی وہ شرما گئے۔ اسکوٹر پر بیٹھنے سے پہلے دیوناتھ سے ہنستے ہوئے بولے، 'تحصیل کی عادت ہے دیئو! جبان سے 'سرکار' نکل گیا ڈاکٹر صاحب ناراض تو نہ ہوں گے؟'

دیوناتھ کا جواب اسکوٹر کی آواز میں کھو گیا۔ دونوں جب روانہ ہوئے تو بابا خوشی سے چہک رہے تھے، 'اب جان میں جان آئی ہے بیٹا۔ سنتوش ہوا ہے۔ لیکن تو غمگین کیوں ہے؟'

دیوناتھ غمگین تو نہیں تھے، فکرمند ضرور تھے۔ وہ جس مصیبت سے بچنے کے لیے دوڑ دھوپ کر رہے تھے، وہ انھیں گلے پڑتی ہوئی نظر آ رہی تھی۔ یہ تو تھا کہ ہسپتال اور جانچ کی مصیبت کو اپنے سر نہیں لینا چاہتے تھے، لیکن کہیں نہ کہیں ان کے من میں یہ بھی تھا کہ ابھی کچھ نہیں بگڑا ہے، اچھے ہو سکتے ہیں۔ کوئی پرائے بھی نہیں ہیں، الگ نہ ہوتے تو سب ایک ہی تھے۔

انھیں پریشانی سے بچنے کا دوسرا راستہ بھی سوجھ رہا تھا لیکن دشواریاں وہاں بھی تھیں۔ مان لو سُدّاما سے بتائیں اور اپنے بڑپّن کا فائدہ اٹھاتے ہوئے لاپروائی کے لیے اُسے ڈانٹیں تو بھی وہ بوڑم آدمی ٹھہرا۔ لے دے کے یہیں پہنچے گا اور کون جانے پورا گھر بار ٹپک جائے۔ پھر ایک جگہ پوری بارات سنبھالیں۔ وہ تو چھوڑ کے اپنی کھیتی باڑی دیکھنے واپس لوٹ جائے گا اور یہاں مرو۔

فی الحال کے لیے انھیں لگا کہ چپ مار جاؤ اور اس بات کا ذکر کہیں کسی سے مت کرو۔

گھر کے آگے اسکوٹر سے اترتے ہوئے بابا نے پوچھا، 'ڈاکٹر کا پرزہ تیرے پاس ہے؟'

'اِس سے آپ کو مطلب ؟' دیوناتھ نے پیار سے بگڑتے ہوئے کہا، 'آپ کھانا کھائیں میں ابھی آرہا ہوں'۔ بازار چلتے وقت ان کے دماغ میں جو دوائیں آئی تھیں، انھیں وہ راستے میں بھی خرید سکتے تھے لیکن بابا پیچھے پیچھے لگے رہتے اور دیکھتے کہ کتنے پیسے خرچ ہو رہے ہیں ؟ ایسے تو پوچھنے پر کچھ بھی بتانے کے لیے آزاد تھے۔ ساتھ ہی راستے میں ہونے پر اتنی آسانی سے ملنے والی دواؤں کی اہمیت کے بارے میں انھیں شک ہو جاتا۔ انھوں نے کافی سوچنے سمجھنے کے بعد تین پیسے والی 'بی کامپلکس' کی سو گولی، پانچ پیسے والی 'لوففٹی ٹو' کی پچاس اور ایسے ہی درد کی دس گولیاں لیں۔ انھیں الگ الگ شیشیوں میں رکھوایا۔ انھیں راحت ملی کہ سارا معاملہ دس روپے کے اندر ہی نمٹ گیا۔

اب وہ بابا کے سامنے بیٹھ کر تھکی ہوئی لمبی لمبی سانسیں لے رہے تھے اور سانس پھولنے کی وجہ سے چاہتے ہوئے بھی بول نہیں پا رہے تھے۔

بابا کھا پی کر کمبل اوڑھے اپنی گنجی کھوپڑی پر چمپی کر رہے تھے اور انھیں دیکھ کر شک سے مسکرا رہے تھے۔ مہک سے ہی دیوناتھ کو پتہ چل گیا تھا کہ یہ تیل نہیں ڈیٹال ہے جو اُن کی داڑھی بنانے کے سامانوں کے درمیان رکھا ہوا تھا۔ بابا کو بھی شک تھا کیوں کہ وہ بار بار ہتھیلی کا جھاگ دیکھتے اور اُسے اپنی ناک کے پاس لے جاتے۔

اِس وقت دیوناتھ کو ان کی یہ حرکت دیکھ کر نہ غصہ آرہا تھا اور نہ جھنجھلاہٹ ہو رہی تھی۔ وہ سانس کو معمول پر لانے کی کوشش میں لگے تھے۔

'یہ ہیں آپ کی دوائیں'۔ انھوں نے شیشیاں بابا کے آگے رکھ دیں۔ پھر ایک ایک کر کے بتانا شروع کیا کہ انھیں کیسے کیسے اور کب کب کھانا ہے؟

بابا نے شیشیوں پر نگاہ نہیں ڈالی۔ وہ خاموش انھیں دیکھتے رہے۔ ان کی سفید برونیاں بغیر ہلے ڈلے پلکوں کے سروں پر کھڑی رہیں۔ ان کے ہونٹوں سے ایک دھیمی آواز آئی، 'تینے کھانا کھایا ؟'

'ابھی نہیں، کھا لیں گے'۔

بابا نے پلکیں گرائیں اور سسکنے لگے۔ 'اگھن، کاتک سے کہتا آرہا تھا سدا ما سے کہ چلو، ہسپتال دکھا دو۔ کوئی ایک دن نکالو۔ بس، چلے چلو، لیکن اُسے موقع

نہیں۔ اس کی مہر ایسے ایسے وِنگ بولتی ہے کہ چو کے سے بغیر کھائے اُٹھ جانا پڑتا ہے۔ آج جب رس لے کے چلا تو روک لیا سدا مانے نے۔ کہا —— کوس بھر سر پر گگرا لادے کیسے جاؤ گے؟ ہم نے کہا کہ کھرپت کو لگا دو۔ موٹر تک پہنچا دے۔ تو بولا —— خالی نہیں ہے۔ اس کے من میں تو چور تھا کہ اتنے رس میں جو ہی دو چار پنڈیا گڑ ہوتا۔ اس کی مہر سے کہا کہ تھوڑی کھرچن والی بھیلی دے دو۔ ہو رہا کے بعد کیا کھا کر پانی پیے گا؟ لیکن بیٹا اپنا دُکھڑا روئیں بھی تو کس کے آگے روئیں؟'

وہ کہتے کہتے پھوٹ پھوٹ کر رونے لگے، 'اور ایک تو ہے۔ جب ہم چلے تھے تو سارا گاؤں مجھ پر ہنس رہا تھا۔ سمجھ رہا تھا کہ تُو ہمیں بھی پٹّی پڑھا دے گا۔ لیکن تو ہے کہ دن بھر سے اپنا حرج کر کے دوڑ رہا ہے اور وہ بھی کس کے لیے؟ ایک بار بھی تو نہیں پوچھا کہ اتنے کی دوا کیسے آئے گی؟'

وہ بولتے جا رہے تھے، روتے جا رہے تھے اور ناک پونچھتے جا رہے تھے، 'جب چھوٹا تھا تو اپنے کندھے پر بٹھائے کھیت واہی کرتا تھا، پورا گاؤں گھومتا تھا، بھداہوں کہ میلہ لے جاتا تھا۔ ہاں، مارا تھا صرف ایک بار۔ اور بڑی مار مارا تھا، ڈنڈے ڈنڈے۔ وہ بھی تیرے باپ کی وجہ سے۔ تب وہ زندہ تھا۔ اس نے کہہ دیا تھا کہ بھیّا دیوناتھ کو خراب کر رہے ہیں اور غلطی تیرے بھی تھی۔ تینے اوروں کے بہکاوے میں آ کر رات کے بکھت سوتے الگو کو کھٹیا سمیت اٹھا کر سمبت میں ڈال دیا تھا۔'

وہ پورے ہاؤ بھاؤ کے ساتھ سناتے ہوئے روتے روتے ہنسنے لگے، 'بس، تیری ایک ہی عادت خراب تھی۔ کندھے پر بیٹھنے موتنے والی۔ تو سُسُر...'

وہ جملہ پورا نہیں کر سکے، ہنستے رہے۔ پھر آنکھ، ناک اور جبڑوں پر اُگی سفید بھیگی کھوٹیاں پونچھ کر دیوناتھ کو اپنے پاس بلایا۔ پھیلے ہوئے کمبل کو کھینچتے ہوئے انھیں اتنا قریب بٹھایا جتنے سے ان کا ہاتھ سر کے بال سہلا سکے، سر اور پیٹھ پر ہاتھ پھیرتے ہوئے انھوں نے پُراسرار ڈھنگ سے ان کی آنکھوں میں جھانکا، 'ڈاکٹر نے تم سے بھی بتایا نا کہ کہیں کچھ نہیں ہے؟'

'ہاں تو! آپ نے بھی تو سنا۔' پہلے تو دیوناتھ ان کے پوچھنے کے طریقے سے

ڈر گئے تھے لیکن فوراً سنبھال لیا۔

'بس، یہی سننا چاہتا تھا۔' بابا نے ان کی پیٹھ ٹھونکی اور خوش ہو اُٹھے، 'جا! اب کھا کے سو جا۔ کل تڑکے ہی چلے جائیں گے۔'

'نہیں، کل کیسے جائیں گے؟ ابھی ابھی تو آئے ہیں۔'

'ارے اب ہو گئی نا تیری والی۔ جا، جا کے کھا۔'

وہ دھیرے دھیرے سیڑھیاں چڑھتے ہوئے 'ڈائننگ ہال' کے دروازے تک آئے اور کھڑے ہو گئے۔ اندر کے کمرے میں اندھیرا تھا لیکن کوئی سویا نہیں تھا۔ آشا بچوں کو سنا رہی تھی بوڑھو کی خوراک اور ان کے چپڑ چپڑ کھانے کے ڈھنگ اور کمرے کے کباڑے کے بارے میں اور اس بارے میں کہ تمھارے پاپا کے گاؤں کے لوگ کتنے پھوہڑ اور کتنے گندے ہوتے ہیں۔ اور باپ رے! کتنا چیخ چیخ کر بولتے ہیں، رے، رے کر کے۔

'ممی، پاپا نے باہر تالا لگا دیا ہو گا نا؟' کسی بچے نے جماہی لیتے ہوئے دھیمی آواز میں پوچھا۔ پھر آشا اور بچوں کی آواز بند ہو گئی۔ شاید انھیں نیند آ رہی ہو۔

وہ وہاں کچھ دیر اور کھڑے رہے۔ کچن دکھائی پڑ رہا تھا لیکن انھیں بھوک نہیں تھی۔ ان کی نظر اس گگرے پر چلی گئی جو بابا کے سر پر بس اور پیدل ساٹھ ستر میل کا فاصلہ طے کر کے موری کے پاس پہنچا تھا۔ وہ جذباتی ہو گئے اور ان کی آنکھیں بھیگ گئیں۔

وہ دبے پاؤں جنگلے کے پاس آئے اور چوکھٹ پر بیٹھ گئے۔ باہر جاڑے کی ٹھنڈ اور سناٹا تھا۔ ان کی آنکھوں کے آگے بنجر زمین کے درمیان بسا اپنا ننھا سا پیارا گاؤں اُبھر آیا...... وہ باغیچہ، وہ ہولا پاتی، وہ چلبا، وہ چبلی، آندھی میں آموں کی لوٹ، گنے کے ٹوٹوں کی بُوائی، سمبت کے مُرّا اور چھچھندر، باجے اور دھن کر اُڑ کر مچھلیوں کی پکڑ، ڈورے میں باندھ کر جولاہے اڑانا، سنگھاڑے چرانا، تیراکی سیکھنے کے لیے پوکھر میں بھنورے پکڑنا۔ تب سے آج کتنے سال ہو گئے ہیں؟ سارا کچھ یوں ــــ چٹکی بجاتے بجاتے ہوا میں کھو گیا ہے۔ وہ بھی اتنے

ہی سادہ اور آسان رہے ہوں گے جتنے کہ بابا۔ اور بابا اب جا رہے ہیں —— کل کے لیے نہیں ہمیشہ کے لیے۔ وہ انھیں روک سکتے ہیں لیکن نہیں...

انھیں بھوک محسوس ہونے لگی لیکن گگرے کی وجہ سے کھانے کی میز پر جانے کی ہمت نہیں پڑی۔ انھوں نے سگریٹ جلائی اور دھواں چھوڑا۔

'چھوڑو جی، چلو!' انھوں نے اپنے آپ سے کہا۔

وہ اٹھ کھڑے ہوئے اور اپنے چوتڑ جھاڑنے لگے۔ 'ساری زندگی اور ساری دنیا اور سارا زمانہ تمھارے سامنے پڑا ہے اور تم ایک بے مطلب کے بوڑھے کو لے کر منہ لٹکائے بیٹھے ہو'

شَیلیش مٹیانی

نجات

کیول پانڈے آدھی ندی پار کر چکے تھے۔ گھاٹ کے اوپر کے پاٹ میں اب چترماس میں، صرف گھٹنوں تک پانی ہے، حالاں کہ پھر بھی اچھی خاصی رفتار ہے دھارا میں۔ اچانک ہی جی میں آیا کہ شام کے وقت کے سورج دیوتا کو نمسکار کریں، لیکن پانی کی انجلی چھوڑنے کے لیے پورب سے منہ موڑتے ہی سورج اور آنکھوں کے درمیان کچھ دُمدار تارہ سا موجود دکھائی دے گیا۔ دھیان دینے پر دیکھا، شمال کی طرف جو شودروں کا شمشان ہے۔ بونڈسی، وہیں سے دھواں اوپر اٹھ رہا ہے اور ہوا کی بہاؤ کی سمت میں کمان کی طرح جھک کر تتر بتر بادلوں کا سا گچھا بناتا سورج کے متوازی دمدار تارے کی طرح معلق ہو گیا ہے۔

اوم وِشنو وِشنو وِشنو...

کیول پانڈے کے گھٹنے پانی کے اندر ہی آپس میں ٹکرا گئے اور انجلی میں بھرا پانی ڈھیلی پڑی انگلیوں میں سے بہہ کر، ندی میں ہی جذب ہو گیا۔ نیم ہوش میں، کہیں سے ایک وہم تیزی سے اٹھا— 'بے چارہ کسن رام ہی تو نہیں مر گیا؟'

کسن رام کی یاد آتے ہی گھٹنے پھر سے ندی کے پانی کے بہاؤ میں کانپتے سے معلوم پڑے۔ پوروہت پنڈت کیولا نند پانڈے کو لگا کہ ان کے اور سورج کے

درمیان میں دُمدار ستارہ نہیں بلکہ ہلیا کسن رام کی روح آسیب کی طرح لٹکی ہوئی ہے کچھ پل سونیال ندی کے پانی سے زیادہ، اپنے ہی میں ڈوبے رہ گئے۔ کسن رام کے مرے ہونے کا انداز جانے کیسے اپنا چتر شاہی پھیلاتا گیا۔ گلے میں جھولتا یگوپویت (زنار بندی)، ماتھے پر چندن تلک اور خون میں شامل ذاتی رسوم۔ بار بار احساس ہو رہا تھا کہ اوپر شمشان سے اچھوت کے جنازے کی ہڈی کے گودے کو بہا کر لاتی سونیال ندی کا پانی پاؤں سے ٹکرا رہا ہے۔ ہو سکتا ہے، اوپر سے ادھ جلا مردہ ہی نیچے کو بہا دیا جائے اور وہی اچانک پاؤں سے ٹکرا جائے؟ ... ندی کے تیز بہاؤ میں لکڑی کے سلیپر کی طرح گھومتے اور بہتے جاتے جنازے انھوں نے کئی بار دیکھے ہیں۔ بالخصوص بنارس میں سنسکرت پڑھنے کے دنوں میں۔ حالاں کہ ادھر سے سونیال پار کرتے ہی، گاؤں سے لگا جنگل شروع ہو جاتا ہے۔ اب سورج کے غروب کے آس پاس کے وقت اونچے اونچے چیڑ کے درختوں کے سائے مشرق کی طرف عکس ریز ہو رہے تھے۔ دور ڈھلانوں پر گائے بکریوں کے جھنڈ چرتے دکھائی پڑ رہے تھے۔ کچھ دیر یوں ہی دور تک دیکھتے آخر ندی پار کر کے اپنے گاؤں کی طرف بڑھنے کی جگہ کیول پانڈے تیزی سے اس پار ہی لوٹ آئے۔ انھیں لگا، آگے کی طرف کا پانی چیر سکنے کی صلاحیت گھٹنوں میں نہیں رہ گئی۔ دھواں دیکھنے سے پہلے بھی، آدھی ندی پار کرتے میں نہ جانے اتنے ناگہانی طور سے کیوں کسن رام کی یاد آئی تھی کہ انھیں لگا تھا، وہ ندی کے پاٹ کو اپنے پاؤں سے ٹھیک ویسے ہی چیر رہے ہیں، جیسے کسن رام ہل کی فال سے کھیت کو چیرتا ہے۔ اب بھی، بغیر کسی واضح سبب کے ہی، آخر کیوں اُن کے تخیل کے آکاش میں وہم کا یہ دُمدار ستارہ اچانک ابھر آیا ہے کہ ضرور کسن رام ہی مر گیا ہوگا، اور اسی کا شو جلایا جا رہا ہوگا؟ ہو سکتا ہے چتا جل رہی ہو، ندی کے کنارے مچھلی مارنے والوں نے ہی آگ جلا رکھی ہو؟

کیول پانڈے کے دل میں آیا کہ کنارے کا پانی ہاتھوں میں لے کر اُسے دیکھیں۔ اُنھیں یاد آیا، جب کبھی ہل جوتتے جوتتے، بیل تھام کر، کسن رام ان کے قریب آ جاتا تھا، شرتی پھانکتے، اس کے میلے چکٹ کپڑوں سے بھی ٹھیک ویسی ہی تیز

مہک پھوٹتی معلوم پڑتی، جیسی شرتی کی گانٹھ توڑتے میں پھیلتی ہے۔ کہیں ایسا نہ ہو، پانی سے بھی ویسی ہی مہک پھوٹ آئے ! اپنے عجیب عجیب تصورات پر صرف پانڈے کو ہنسی آنے کو ہوئی، مگر آئی نہیں۔ کسن رام کو لے کر جو کمزوری ان کے مَن میں ہے، وہی پچھلے کچھ وقتوں سے انھیں مسلسل پریشان کرتی چل رہی ہے۔ اس کی موت کے وہم سے یوں اچانک جڑ جانے کی وجہ سے ہی : مَن اپنی فطری حالت کو کھو بیٹھا ہے، ایسا انھیں لگا اور اب وہ ندی پار کرنے کی جگہ، بن سَر پہاڑ کی سمت میں یعنی شمال کی جانب، کنارے کنارے چلنے لگے۔ شمشان تقریباً ایک فرلانگ دور تھا وہاں سے۔

کھلے میدان کی بھربھری مٹی میں رینگتی حاملہ جیسی سونیال بھی، اب الٹی سمت کو لوٹتی محسوس ہو رہی تھی۔ چاند کے کرنوں کے پانی کی سطح پر ہوا سے کانپنے کی حالت میں ندی کیسے اپنا بہاؤ پلٹتی سی معلوم پڑتی ہے اور تب کنارے کنارے کچھ فاصلہ رکھ کر چلتے رہیے، تو چاند کی طرح ندی بھی اپنے ساتھ چلتی دکھتی ہے۔ ایسے میں، ہو سکتا ہے، اسی درمیان کسن رام کا شَو ادھ جلا ہی بہا دیا گیا ہو، تو وہ بھی شمال کی طرف واپس لوٹنے لگے ؟

کچھ دور آگے بڑھتے ہی سامنے ہی ایک گہرا تال دکھائی دیا، تو لگا، کہیں ایسا نہ ہو، شَو یہاں تک بہہ آیا ہو اور مچھلیاں اُسے نوچ رہی ہوں ؟ ایک بار گہرائی تک اس تال میں جھانک کر، کیول پانڈے اور بھی تیزی سے چلنے لگے، تاکہ وہم کا حل ہو جائے، تو مَن کو شک سے نجات ملے۔ دھوتی کی کاچھ کو انھوں نے کندھے پر ڈال لیا، تاکہ نیچے جھک کر تال میں جھانکنے میں آسانی رہے۔

سونیال کبھی دیکھی ہو کسی نے، تو وہ جانتا ہے کہ کارتک کے شروع میں جب کہ سیلاب کا موسم ختم ہو چکا ہوتا ہے، تب اس کا پانی کتنا شفاف ہوا رہتا ہے۔ لیکن چوں کہ ابھی چترماس کو بیتے ہوئے کچھ زیادہ وقت نہیں گزرا ہوتا ہے، اس لیے آسانی سے اس کے بہاؤ میں پاؤں ٹک نہیں سکتے۔ اور دیکھیے کہ جس پہاڑ کی کئی عورتیں چاندی کے روپیوں کی مالا پہنے رہتی ہیں — کچھ دور تک ڈوری، پھر پہلا روپیہ، اس کے بعد پھر کچھ دور تک ڈوری اور پھر چاندی کا

دوسرا روپ — تقریباً ویسا ہی فاصلہ سونیال ندی میں ہے۔ آغاز سے کچھ دوری تک ندی کی سی صورت، پھر پہلا تال، اس کے بعد پھر کچھ دور تک، وہی قدرت کے گلے میں کی ڈوری، اور پھر دوسرا تال — اور یہی سلسلہ جب تک کہ کوسی میں جمع نہ ہو جائے۔

کیول پانڈے کی بھی ججمانی کا کچھ ایسا سلسلہ ہے کہ کہا جائے کہ لگ بھگ جہاں تک سونیال جاتی ہے۔ کنارے کے اونچے پتھر پر سے تال میں جھانکنے لگے تو اسیلا اور پیڑوا مچھلیوں کا تال کی تہہ میں سیاحت کرنا اور چھوٹی چھوٹی چلّوں کا پانی کے اندر سے کنکڑوں کی طرح ٹپک کر کے سطح سے بھی ایک آدھ بالشت اوپر اُچھل کر، پھر پانی میں گرتے ہوئے دائرے پر دائرے بنانا، دیکھتے ہی رہ گئے۔ یاد آیا کہ جب پابندی نہ ہوئی تھی، کبھی کبھی تال میں کسن رام کے ساتھ، مچھلیاں مارتے دیگر شودر ہم عمروں کے ساتھ خود بھی کود پڑتے تھے۔ گھر میں کوئی مچھلی کھاتا نہیں تھا، لیکن مچھلیوں کو پکڑنے میں جو مزہ آتا تھا۔ رام بانٹ کے پتے کوٹ کر پانی میں ڈال دیے گئے ہیں۔ مینڈ بندھے پانی میں صابن کا سا جھاگ اُتر آیا ہے۔ اور نیم بے ہوش سی مچھلیاں سطح پر چکّر کاٹ رہی ہیں اور ہتھیلیاں پھیلانے پر ہی پکڑ میں آجاتی ہیں۔

کیول آنند پانڈے اور کسن رام کی عمر میں کچھ خاص فرق نہیں۔ شاید دو تین برس بڑا ہو، کسن رام، مگر کیول پانڈے کے مقابلے میں، بہت جلد ہی بوڑھا دکھنے لگ گیا۔ پینسٹھواں برس پار کرتے ہوئے بھی پانڈے جی کے صاف چوڑے ماتھے کا تِلک لکیروں میں نہیں ڈوبتا ہے، مگر کسن رام کی کمر جھک گئی۔ بچپن سے ہی کسن رام کو دیکھا۔ ایک ہی جنگل کے درختوں کے ساتھ ساتھ آسمان کی طرف بڑھنے کی طرح۔ کسن رام کے پتا کی تین بکریاں تھیں اور بہت بڑا خاندان۔ کھانے پینے کو پورا نہیں پڑتا تھا۔ دوسروں کے یہاں محنت مزدوری کا متواتر سلسلہ دن رات کندھوں پر لدا رہتا۔ پانڈے جی کو یاد نہیں پڑتا، کبھی انھوں نے کسن رام میں جوانی کی چنچلتا، یا جوانی کے جوش کو اس کے چہرے یا اس کی آنکھوں سے پھوٹتا ہوا دیکھا ہو۔ جب بھی دیکھا، ہل یا ہتھوڑے ہنسیے کا دستہ

تھامے کام میں جٹا ہوا دیکھا۔

نوجوانی گاؤں میں گزار کر، مڈل پاس کر کے کیول پانڈے پہلے ماما کے یہاں نینی تال اور پھر وہاں سے اپنی منگیتر کے پتا کے پاس بنارس پڑھنے چلے گئے۔ نینی تال سے ہائی اسکول، بنارس سے شاستری کر کے، پھر گھر ہی لوٹ آئے۔ سبھی چھوٹے بھائی پڑھ رہے تھے اور پتاجی بے حد بوڑھے ہو چکے تھے۔ جھمانی بہت بڑی تھی اور اسے سنبھالنا معاشی اور اخلاقی، دونوں نگاہ سے ضروری تھا۔

پڑھنے اور مطالعے کا دائرہ مکمل کر کے ہمیشہ کے لیے گھر لوٹنے پر پانڈے جی کو پتہ چلا تھا، کسن رام سے ہی کہ اس دوران اس کی ماں مر گئی اور وہ بھی اپنے ماما کے یہاں چلا گیا تھا۔ ماما لوہار تھا، مگر کسن رام صرف کسانی یا لوہار گری جانتا تھا، گرم لوہا پیٹنے میں اپنے دائیں ہاتھ کی انگلیاں تڑوا بیٹھا۔ ہاتھ بیکار ہو گیا، تو ماما نے بھی بھگا دیا۔ وہاں سے بیتی کو لیے دیے سسرال چلا گیا۔ سسرال والوں نے بھی اپنی بیٹی، یعنی اس کی گھروالی بھوانی، کو تو روک لیا، اسے تنہا رخصت کر دیا۔ ہاں، بھوانی کے لیے یہی تو کہا تھا کسن رام نے کہ ——

'گوسائیں جی، ان ڈوموں نے 'میری گھروالی' کو روک لیا ...' یہ نہیں کہ 'اپنی بیٹی' کو۔

ماما کے یہاں پٹ گئے داہنے ہاتھ کی تین انگلیاں، دھیرے دھیرے گلتی ہوئی، بے کار ہو گئیں۔ باقی دو سے سوٹا اور بائیں ہاتھ سے ہل کی موٹھ پکڑ کر بیلوں کو اونچی ہانک لگاتے کسن رام کی آواز پانڈے جی نے گاؤں کے حد میں پہنچتے ہی سنی تھی۔ اور جب راستے میں کچھ دیر کسن رام کے پاس ٹک کر، اس کا دکھ سکھ پوچھ لیا کہ 'آشیرواد، کسن رام کیسے ہو؟ ٹھیک ٹھاک؟' تو لگا کہ جیسے اپنی ساری کہانی انھیں کے انتظار میں چھاتی میں دبائے تھا کسن رام۔ موقع پاتے ہی ظاہر ہوتا چلا گیا۔ اپنا گزشتہ بتانے میں جس طرح رفتہ رفتہ اس کی آنکھیں بھرتی چلی گئی تھیں، لگتا تھا، کہیں بہت گہرائی میں دبی زہر کی گھاٹی میں سے کہرے کی طرح اوپر اٹھ رہا ہے، اس کی آنکھوں میں نمی تھی، جیسے کہ باندھ باندھ کر اوپر کی طرف اٹھائے ہوئے پانی کا سطح۔

کسن رام کو روتے دیکھنے کا یہ پہلا موقع تھا، ورنہ اس کی خشک آنکھوں میں تو ہمیشہ ایک مسکین مسکراہٹ ہی انھوں نے دیکھی تھی۔ سخت محنت کے لمحوں میں پسینوں سے لت پت اس کا جسم دیکھنے سے بھلے ہی احساس ہوتا ہو کہ کیا یہ اپنی جلد میں سے آنسو بہاتا ہوگا؟ ... اور پانڈے جی کو تب بھی عجیب سا تصور ہوتا تھا کبھی کبھی کہ کسن رام کہیں ملعون اندر تو نہیں کہ اس کے سارے جسم میں آنکھیں سی آنکھیں پھوٹ آئیں؟ پسینہ وہ پونچھتا بھی کچھ اتنے اطمینان سے تھا، لگتا تھا، گالوں پر سے گرتے آنسو پونچھ رہا ہو۔ ایسے میں ایک ٹک اس کی طرف دیکھتے رہنے پر من میں کیسا کیسا کھارا کھارا پن سا اُمڈنے لگتا تھا۔

لیکن تب تک یہ سُرنی کی گانٹھ توڑنے میں پھیلنے والی جیسی تیکھی مہک اس میں سے پھوٹ کر نہیں آتی تھی۔ بنارس سے لوٹ آنے کے بعد کیول پانڈے نے دیکھا تھا کہ عمر میں بڑا ہونے پر بھی کسن رام ان کے گورے، مضبوط اور گھلے ہوئے جسم کے مقابلے میں ایسا لگتا تھا، جیسے اتنے برسوں کے دوران قدرت نے اُس لوہے کو گرم کر کے حالات کی چوٹوں سے پیٹ پیٹ کر اپنے مطابق بنالیا ہے۔ کھیت جوتتے، درخت کاٹ کر گنڈے بناتے، ہَل جوتتے یا پتھر توڑتے میں وہ اپنی مکمل حس میں اُبھرتا ہوا سا بالآخر جیسے فطرت میں سماجاتا تھا۔

پانڈے جی کو یہ انوکھا منظر بار بار یاد آتا ہے، جب چودہ برس کی عمر میں ہی شادی ہوجانے کے بعد، کسن رام گونے کے لیے اپنی پتنی کو اُس کے میکے لے جا رہا تھا اور وہ مڈل اسکول لوٹ رہے تھے۔ چھوٹی سی، ٹھگنی سانولی لڑکی، گاڑھے رنگ کا گھاگھرا اور گلابی رنگ کا بچھوڑا پہنے، بڑے اطمینان سے بیڑی پیتے پیتے اس کے پیچھے پیچھے چلی آرہی تھی۔ کسن رام نے 'مہاراج' کہہ کر، زمین پر ماتھا ٹیکتے ہوئے پانڈے جی کو پرنام کیا تھا، تو اس نے جلدی میں بیڑی کو اپنی ہتھیلی میں ہی گھِس لیا تھا اور پھر رو پڑی تھی۔

پانڈے جی کو ہنسی آگئی تھی۔ کسن رام بھی ہنس پڑا ـــــ 'گسائیں، ہماری کوم میں تو سارے کرم کانڈ بچپن میں ہی سیکھ لیتی ہیں چھوکریاں'! اور آخر شرماتے شرماتے پوچھنے لگا تھا کہ شاستروں کے مطابق کس عمر تک آپس میں کھُل کر

گھر گرہستی کی بات چیت کرنا منع ہے؟

'شاستر' کا تلفظ کرنے میں کسن رام کا حلق تب بھی کچھ ٹھہر ٹھہر اگیا تھا۔ پانڈے جی بچپن میں ہی تیز ذہن کے تھے۔ سمجھ گئے۔ کسی سیانے کی بات کو گانٹھ باندھے ہوئے ہیں۔ بھولے، معصوم مزاج کسن رام کے لیے انھیں شروع سے ہی اپنا پن سا تھا اور ایک جھلک کسن رام کی گھر والی کی، انھوں نے بھی دیکھ لی تھی۔ ایک ہم عمر کے سے تجسس میں۔ دھیرے سے کہا تھا — 'ارے یار، کسن رام! ابھی تو خود میں نے ہی کوئی ایسا شاستر نہیں پڑھا ہے۔ پتا جی، سنسکرت پڑھنے کاشی بھیجنے والے ہیں۔ دس بارہ برس بعد ٹک شاستری بننے کے بعد لوٹنے پر تجھے بتاؤں گا کہ اس بارے میں شاستروں میں کیا لکھا ہے'۔

اور تب کیسے ہنس پڑے تھے، وہ دونوں ایک ساتھ؟ جیسے کہ جنگل کے پھول ہوں۔ کسن رام کی گھر والی کے سر پر ننگالے کی ڈلیا تھی — پیلے پچھوڑے کے کنارے سے چھپا ہوا گونے کی پوریاں رہی ہوں گی اس میں، اور آلو کے گٹکے یا گنڈیری کے ساگ۔

کئی برسوں بعد ایک بار چھٹیوں میں گھر لوٹے تھے، کچھ دنوں کے لیے، تو کسن رام سے پوچھا تھا انھوں نے، 'کسن کوئی بچہ ہوا کہ نہیں؟' اور کسن رام کے جواب سے انھیں لگا تھا، جیسے وہ ابھی اسی دن کے انتظار میں ہے، جب کہ پانڈے جی اسے شاستروں میں لکھا جواب بتائیں گے۔

کاشی سے شاستری کر کے لوٹ آنے کے بعد بھی، ان کا دل وہی سوال پوچھنے کو ہو رہا تھا کہ کسن رام کی دکھ بھری کہانی سے دل بھر آیا۔ انھوں نے محسوس کیا، اس بار کسن رام کی گھر والی نے ادھ جلی بیڑی کو اپنی ہتھیلی میں گھس لینے کی جگہ، کسن رام کے کلیجے کے ساتھ گھس کر بجھا دیا ہے اور کسن رام کے لیے ان کے اس حساس تصور پر اس کی گھر والی کہیں غیر مرئی طور پر موجود سی کھل کھلا رہی ہے۔

بچپن بیتتے نہ بیتتے ہی کسن رام کی شادی ہو گئی تھی، پوری طرح سیانا ہونے تک رشتہ ٹوٹ بھی گیا۔ ان دنوں کسن رام اکیلا ہی رہتا تھا۔ کئی لوگوں کے منع کرنے کے باوجود پانڈے جی کے پتا نے کسن رام کو ہی اپنا ہلواہا رکھ لیا تھا۔

ہلواہا رکھ لینے کے بعد، خود انھوں نے اور پانڈے جی کی ماں نے کسن رام سے کہا تھا — 'کسن رام، پہلی تو آرام کرنے کو ڈال پر آکر بیٹھی ہوئی چڑیا جیسی پھر ر اڑ گئی۔ اب تو کیوں اس کے لیے جوگ اپنا رہا ہے؟ ارے، تو بیاہ کر لیتا، تو ہماری کھیتی بھی کچھ اور زیادہ سنبھلتی۔ بغیر جوڑ کے بیل یک نہیں کھلتا، رے، تو تو ہلواہا ہے۔ نہیں کرتا دوسرا بیاہ، تو پہلے کو ہی لوٹا لا۔'

کسن رام اچھی طرح جانتا تھا، ایک تو بغیر گھروالی کا ہلواہا ویسے ہی پوری محنت نہیں کر پاتا گوساعیوں کے کھیت میں، اس پر، اس کا تو داہنا ہاتھ بھی پورا نہیں لگتا ہے۔ لیکن بھوانی؟ باقی زندگی میں اس کی پھر آمد کا امکان اب صرف تصور میں ہی ہو سکتا تھا۔ تب آخر اس نے ایک دن ہاتھ جوڑ کر اپنی نااہلی کو قبول کر لیا تھا اور اپنے سوتیلے بھائیوں میں سے کسی کو ہلواہا رکھ لینے کو کہتے کہتے رو پڑا تھا — '. بھوجی، میں ابھاگا تو ہاتھ سے جھڑی لاش ہی نہیں لوٹا پایا، کلیجے سے جھڑ چکی کیسے لوٹاؤں؟'

اور اُن دنوں سارے گاؤں میں یہ بات پھیل گئی تھی کہ سیانی عورت کا دل بھی کتنا نازک ہوتا ہے، ماں کے جیسا۔ خود کسماوتی بھورانی نے ہی اپنے ہاتھوں سے کسن رام کے آنسو پونچھ دیئے تھے۔ برہمنی، وہ بھی برہمت گھرانے کی اور اپنے ہاتھوں سے شدر کے آنسو پونچھے، لیکن بھیرو پانڈے جی نے ہی کیا کہا تھا کہ یہ اشدھ ہونا نہیں، شدھ ہونا ہے۔ کیول پانڈے کے پوچھنے پر کسماوتی کی آنکھیں پھر نم ہو گئی تھیں۔ بولی تھیں — ' دکھ سبھی کا ایک ہوتا ہے کیول۔ میں نے آنسو پونچھے تو میرے پاؤں کے پاس کی مٹی اٹھا کر، ماتھے سے لگاتے ہوئے بولا کسن رام — ' بھوجی، پارس منی نے لوہے کی تھال چھو دی ہے۔ میرے جنم جنم کے پاپوں کا پرائشچت ہو گیا۔' جتنا شدر ہے، مگر بڑی محبت، بڑی درویشی ہے کسنیا میں۔ بھوانی نے تو اپنا نام غارت کر دیا۔ اس بھولا بھنڈاری کو اجاڑ کر گئی۔'

پانڈے جی محسوس کر رہے تھے کہ کہیں بھوانی کے لیے کسن رام میں بہت زیادہ محبت تھی اور اس لیے ہی ہے اتنا تنفر۔ اُن دنوں ہفتے ہفتے کسن رام اپنے کپڑے بھی دھو لیتا تھا۔ کھانا بھی ٹھیک وقت کھا لیتا تھا۔ کھیتوں میں کام ہونا

تو پانڈے جی کے گھر سے ہی روٹیاں جاتی تھیں اور کسن رام انکساری سے کیول پانڈے کی بہو سے کہہ دیتا — 'بہوجی، روٹیاں مجھے ٹِم سے ہی دے دینا'۔

ایک دن کھیت جوتنے سے نمٹ کر، کسن رام سونیال کے کنارے کپڑے دھو رہا تھا۔ صرف لنگوٹی پہنے، کمر سے نیچے پانی اور اوپر دھوپ میں، جانے کس دھیان میں ٹخنوں تک پانی میں ڈوبے بگلے کی طرح کھڑا تھا۔ لنگوٹی پانی کے شفاف اور رہوا کی ہلوریں، اپنی دھری پر سے اڑان بھرتی معلوم پڑتی تھی۔ باقی کپڑے سوکھنے کے لیے ڈال رکھے تھے، تبھی ججمانی سے لوٹتے پانڈے جی آئے۔ ان کے ندی پار کرتے وقت وہ جلدی جلدی پانی سے ہٹ گیا تھا کہ اس کے پاؤں کا چھوا پانی انھیں نہ لگے۔ پانڈے جی نے ججمانی سے ملی مٹھائی میں سے کچھ مٹھائی اسے دی تھی اور کہا تھا، 'کسن، اچھا نہیں کیا بھوانی نے۔ نہیں تو، تجھے اپنے ہاتھوں سے کھانا پکانے اور کپڑے دھونے سے نجات ملتی۔ اور تُو — میں تو ساتھ مچھلیاں پکڑتے تھے — اب تُو یوں ندی چھوڑ کے الگ کیوں ہونے لگا؟ اتنی دور تک میں چھوت نہیں مانتا رے!'

کسن رام نے ہاتھ جوڑ لیے تھے اور ہونٹوں پر ہلکی سی ہنسی — 'مہاراج، جس دن بڑی بہوجی کی سونے کی چھڑی جیسی انگلیوں کا لمس پا لیا آنکھوں نے، اس دن سے، کلیجے کی جلن سے کچھ نجات مل گئی، اتنا ہی بہت۔ نہیں تو کہاں اپوتر — کہاں پوتر...'

یوں ہی برسوں بیتتے گئے۔ کیول کے پتا بھیرو پانڈے جاتے رہے، پھر کسماوتی بہو بھی۔ دھیرے دھیرے کسن رام کی کمر بھی جھکنے لگی، مگر ہل اس نے نہیں چھوڑا جب تک وہ خود ہل نہیں چھوڑے، تب تک ہلواہ نہ بدلا جائے، کیول پانڈے فیصلہ کر چکے تھے۔ ضرورت پڑنے پر روزانہ مزدوری دے کر کھیت جتوا لیے جاتے، مگر کسن رام کو کوئی نہیں ٹوکتا۔ کیول پانڈے کی پتنی چندرا بہورانی بھی اپنی ساس کی ہی طرح ہمدردی اس کے لیے رکھتیں۔ کبھی کبھی کسن رام ممنون ہو کر کہہ بھی دیتا، 'بڑی بہورانی جی کی تو، جسم ہی جسم گئی ہے، آتما چھوٹی بہورانی میں سما گئی ہے'، اور

ایسا کہنے کے بعد، اکثر، وہ پانڈے جی سے آتما پرماتما کے متعلق طرح طرح کے سوالات پوچھنے لگتا — 'مہاراج، شاستروں میں تو آتما پرماتما کے سبھی منتر لکھے ہوئے رہتے ہیں نا؟ آپ کے چرنوں کا سیوک ٹھہرا، دو چار منتر میرے اپوتر کانوں میں پڑ جائیں، تو میری آتما کا میل بھی چھنٹ جائے۔ کیا کروں گوسائیں، گھاس کھانے والے جانور بیل نہیں ہوئے، اناج کھانے والا جانور کسن رام ہی ہو گیا۔ آپ کا جنم جنم کا سیوک ہوا ہیں گوسائیں جی، دو چار منتر ایسے مار دیجیے شرناگت کسن رام کے پھوٹے ماتھے پر بھی کہ...'

'کہ' سے آگے کیا، اسے صرف اس کی آنکھوں میں ہی پڑھا جا سکتا تھا۔ فوراً بات بدلنا پوچھنے لگتا — 'مہاراج، مرنے کے بعد آتما کہیں پرلوک کو چلی جاتی ہے' یا اسی لوک میں بھٹکتی رہتی ہے؟'

چوراسی لاکھ یونیوں میں ایک یونی پریت آتما یونی بھی ہوتی ہے' یہ جاننے کے بعد سے کسن رام اور بھی زیادہ متجسس ہو گیا تھا کہ آتما کی خواہش نہ ہونے پر بھی کیا صرف جسم کی خواہش سے پریت (آسیب) یونی مل سکتی ہے؟

جب ججمانی میں نہیں جانا ہوتا، پانڈے جی کھیتوں میں چلے جاتے۔ انھیں اس بات کا احساس تھا کہ جب چندرا بھورانی کھیت میں ہوتی ہیں کسن رام ایک دم منہمک ہو کر کام کرتا رہتا ہے، مگر جب پانڈے جی خود ہوتے ہیں تو بار بار سرتی پھانکنے کے بہانے، ان سے طرح طرح کی باتیں پوچھنے لگتا ہے۔ اس کی بے تکی باتوں سے اب محسوس کرنے پر بھی پانڈے جی کسن رام کے لیے سخت نہیں ہو پاتے تھے۔ جیسی بہکی بہکی باتیں وہ ان دنوں کرنے لگا تھا، یہی محسوس ہوتا دکھتا کہ مسلسل اپنے آپ میں سمٹتا جا رہا ہے۔ آنکھیں اتنی اندر دھنس گئی تھیں کہ مرنے کے بعد تالاب میں ڈوبی مچھلی جیسی کوئی چیز ان میں چمکتی معلوم پڑتی تھی اور پانڈے جی کو لگنے لگا کہ یہ اس کے قریب المرگ ہونے کا نشان ہے کیا؟

اور لااولاد لوگوں کو اس دنیا سے نجات نہیں مل پاتا ہے اور وہ رات رات بھر مشعلیں ہاتھ میں تھامے اپنے لیے پتنی اور آل اولاد ڈھونڈتے، بغیر جسم کے آسیب کی شکل میں بھٹکتے رہتے ہیں، 'ٹولے' بن کر — ایسا کبھی پانڈے جی نے ہی اسے

بتایا تھا۔ یہ بھی کہ اعلیٰ ذات کے لوگ جو آسیب کی شکل زیادہ نہیں اختیار کرتے عورت آل اولاد سے محروم رہنے پر بھی، اس کی وجہ یہ ہے کہ ان کی نجات شاستروں کی رُو سے، ہو جاتی ہے۔ یہ سب جاننے کے بعد سے، کسن رام مسلسل 'نجات' کے بارے میں طرح طرح کے سوال پوچھنے لگا۔

ابھی کچھ ہی دن پہلے اس نے پھر پوچھا تھا کہ خود آسیب کی شکل میں بھٹکا جائے' یا کہ جس پر تشنگی رہ گئی ہو، اس پر آسیب کی شکل میں سایہ چلا جائے، تو اس سے نجات کی تدبیر کیا ہے؟

کئی بار پوچھنے پر، کسن رام، کچھ کھلا تھا —! مہاراج، آپ تو میرے ایشٹ دیوتا کی طرح ہیں، آپ سے کیا چھپانا۔ ادھر جسم بہت کمزور ہو چلا۔ وقت سے کھا نہیں پاتا۔ ریاح اپت بڑھ گیا ہے، ٹھیک سے آنکھ بھی نہیں لگ پاتی اور وقت پر نہانے کپڑے دھونے کی طاقت اب رہی نہیں، گوسائیں! ... اور جب جب بھوک سے پیٹ جلتا ہے، جب جب کھانسی اور بخار سے جسم ٹوٹنے لگتا ہے اور اِدھر اُدھر جھانکنے پر صرف اپنی ہی بدبو، اپنا ہی آسیب جیسا سایہ گھیرنے لگتا ہے، تو پاپی دل بس میں نہیں رہتا، گوسائیں۔ جسے جوانی کے دنوں میں کبھی گالی نہیں دی، اسے اب مرتے وقت نہ جانے کیسی خوفناک اور گندی گالیاں بکنے لگ جاتا ہوں۔ آتما پھانسی کے پھندے پر لٹکی ہوئی سی ملامت کرتی رہتی ہے،'کسن رام' لعنت ہے رے تجھ ڈوم کو ... اب مرتے وقت پشاچ کیوں بن رہا ہے — اب مسان گھاٹ کی طرف جاتے وقت اپنی گھر والی کو رانڈ پاتر مت کہہ رے قصائی'؛ مگر یہ دونوں انگلیاں چرس بھری بیڑی جیسی سلگتی، میرے ماتھے کو داغتی رہتی ہیں، کہ ارے پاترا! تو نے جو میرا کلیجہ ہی نکال لیا ہوتا، تو آج اس ضعیفی میں تو نہیں ... کوئی اور تو ہوتی ... گوسائیں جی، کہیں میں آسیب بن گیا، تو؟'

'کسن رام، بھوانی کو تو بھولا نہیں ہے رے۔ تیرے ساتھ جیسی وہ دغا کر گئی۔ کسی اور کے ساتھ کرتی، تو وہ تھو تھو تھوکتا اور دوسری لے آتا، مگر تیری محبّت تو گھٹی نہیں، نفرت چاہے جتنی بڑھ گئی ہو۔ تیری گالیاں آسیب، شیطان کی نہیں، دُکھی انسان کی ہیں'؛

'گسائیں جی ، ڈال پات ، ٹوٹا درخت تو پھر سے اُگ جاتا ہے، مگر جڑ سے اکھڑا کیا کرے ؟ جب تک ہاتھ پاؤں چلتے رہے ٹیم سے پیٹ کی آگ بجھانا ، ٹیم سے میلے کپڑے دھونا ، اسی لیے کرتا رہا کہ نہیں کر سکوں گا ، بھوانی کے لیے منہ سے گالی نکلے گی۔ مہاراج ، آپ نے تو اُسے پُر پتلی کی طرح میرے آگے پیچھے اُڑتے خود ہی دیکھا تھا ؟ اس تتلی جیسی چکر کاٹتی کہ گنوا دینے کے بعد ، کوئی دوسری سیانی عورت لے آتا، تو لگتا ، آگے پیچھے جھپٹے مار رہی ہے ... مہاراج ، آپ بھی کہتے ہوں گے ، اِس کسنوا ڈوم کی عقل بوڑھاپے میں چوپٹ ہو گئی ہے ، مگر میں نے اس پُر پتلی کو کبھی اتنی دور نہیں اڑانا چاہا ، گسائیں جی ، کہ دِکھنا ہی بند ہو جائے۔ میں سر پر ہاتھ رکھے آکاش ڈھونڈتا رہوں ، وہ دوپہری کا تارا ہو جائے ؛

پانڈے جی کو لگا تھا ـــــ اِس کی دھنسی ہوئی آنکھوں میں جو تالاب کی مچھلی چمکتی ہے ، وہ اور کچھ نہیں ۔ یہ تو اپنے ہی ٹھہرے پانی میں خود تب کا کسن رام ہی ڈوبا پڑا ہے ۔ جب وہ بیڑی کا جلتا ٹکڑا ہتھیلی میں گھس لینے والی نوجوان ، بھوانی کو ساتھ لے کر کام پر نکلتا اور شاستروں کا نظام کا پوچھتا پھرتا تھا کہ ...

' مہاراج ، شاستروں میں گھر والی کے رشتے کو جنم جنمانتروں کا رشتہ مانا گیا ہے نا ؟ '

ابھی کچھ ہی دن پہلے اس نے کہا تھا ـــــ ' مہاراج ، آج کل جو تڑپ رہا ہوں ، اسی لیے کہ ملیچھ یونی کا پہلے ہی ٹھہرا ، اوپر سے یہ سنساری کج باطن کی ہائے ہائے ۔ گروائٹ پُران (ہندو مذہب کی ایک مقدس کتاب) سننے کا تو پہلے ہی حق نہیں ٹھہرا ، پھر سنائے بھی کون ؟ کبھی کبھی جنگل میں آنکھیں بند کر کے لیٹ جاتا ہوں ، گسائیں جی ، کہ کوئی آکاش میں اڑتا گروڑ پکشی (چڑیا) مجھے مردہ سمجھ کر کے ، میرے ماتھے پر بیٹھ کر ایک آواز چھوڑ جائے ... مہاراج ، اپنے نجات کی اتنی فکر نہیں ، اسی دھیان سے ڈرتا ہوں کہ کہیں آسیب یونی میں گیا ، تو اُسے نہ لگ جاؤں ؟ ہماری سوتیلی مہتاری (ماں) میں ہمارے باپ کا پربت (آسیب) آنے لگا ، مہاراج ، اس کے لڑکے گرم چمٹوں سے داغ دیتے ہیں اُسے ۔ وہ نوے سال کی بڑھیا روتی بلبلاتی ہے ۔ کہیں بھوانی کے لڑکے بھی اُسے ایسے ہی نہ داغیں ؟ ... جیسے جیتے جی اپنا سارا حق حکم ہوتے بھی سخت بول تک نہیں کہہ سکا

کہ — 'جانے دے کسن رام، تتلی جیسی اڑتی چھوڑی ہے، جہاں اس کی مرضی آئے، وہیں بیٹھنے دے...' اسے ہی مرنے کے بعد دا‌غنتے کیسے دیکھ سکوں گا؟ ... اچھا گسائیں جی، اگر کوئی آدمی جیتے جی اپنی آنکھیں نکال کر کسی گروڈ پکشی کو دان کر دے تو وہ آسیب یونی میں بھی اندھا رہتا ہے، یا نہیں؟'

پانڈے جی محسوس کر رہے تھے، جیسے جیسے کسن رام موت کے قریب بڑھ رہا ہے، ویسے ویسے بھوائی ایک رنگ برنگی تتلی کی طرح، اس کے اندر ہی اندر اڑتی اسے ایک وہم کی طرف لے جا رہی ہے، جہاں دل کے غبار کے احتجاج کی قوت نہ جسم میں رہ جائے نہ ذہن میں۔ وہ ڈرنے لگے تھے، کبھی اپنی اندھی جذباتیت میں کسن رام واقعی آنکھیں نہ نکال بیٹھے۔ اس کی دھنسی آنکھوں میں جھانکنے پر ان کو لگتا — کسن رام نے مچھلی پکڑنے کے جال کو اوپر سے دستہ باندھ کر، نیچے کی طرف گہرائیوں میں پھیلا دیا ہے اور بار بار اس کی ناآسودہ خواہشیں اس جال میں پھنس کر چھٹپٹاتی ہیں — بار بار وہ، اپنا ہی مایا جال اندر کی طرف سمیٹنے کی کوشش کرتا ہے... اور تب اس کی آنکھوں کے آس پاس کی جھریاں ایسے آپس میں سمٹ آتی ہیں کہ لگتا ہے، جال کا بندھا ہوا دستہ ایک دم کس دیا گیا ہے اور ڈوریوں میں بھیگا پانی نتھر رہا ہے۔

ایسی آنکھوں کو اپنے ہی جسم پر برداشت کرنا کتنا مشکل ہوتا ہوگا، جنھیں دوسرے تک نہ سہ سکیں؛ اس خالص ناخواندہ اور معصوم کسن رام کی آنکھوں کی گہرائی میں جو چمک دکھائی دیتی تھی، پانی کی سطح میں مری پڑی مچھلی کی سی چمک، اسے دیکھنے میں پانڈے جی کو یکش - یدھشٹر حوالہ یاد آجاتا۔ انھیں لگتا — اپنی سوالیہ آنکھوں کی آسودگی پائے بغیر، یہ کسن رام انھیں چھوڑے گا نہیں۔ نہ جیتے جی، نہ بعد میں۔ انھوں نے کسن رام سے کہنا شروع کیا — 'شاستروں میں تو یہ بھی لکھا ہے کہ جو شخص سچے دل سے توبہ کر لیتا ہے، وہ اپنی موت کے بعد ضرور سورگباشی (جنتی) ہو جاتا ہے۔'

کسن رام کے سوال پوچھتے ہی، اب پانڈے جی کہہ دیتے — 'کسن رام، تو تو ایک دم سادہ لوح اور مخلص انسان ہے۔ تجھ جیسے صالح لوگ پریت (آسیب)

یُونی میں نہیں جا سکتے ۔ مگر اِس سے کسن رام کے سوال ہی گھٹے تھے، اس کی بے چینی، اس کا دُکھ نہیں ۔ پہلے جس بے چینی کو وہ سوالوں میں بانٹ دیتا تھا، اب وہ جیسے چٹان میں سے بوند بوند رِستے پانی کی طرح اس کے وجود میں جمع ہوتی جا رہی تھی ... اور پانڈے جی کو لگتا تھا، کسن رام کی یہ بے چینی اگر نہیں گھٹی تو اُس کی نجات واقعی مشکل ہوگی۔ اُسے ندی میں اگر بہا بھی دیا گیا، تو اپنے ہی ارتھی کے بانس کے سہارے ٹکے ہوئے لاش جیسی اس کی بے چین آتما، سطح پر اتر کر اوپر آجائے گی۔ کسن رام کی آنکھوں میں موت کا سایہ دکھائی پڑنے لگا ہے اور آنکھوں کے راستے میں جن کی روح نکلتی ہے، ان کا چہرہ کتنا ڈراؤنا ہو جاتا ہے۔

سونیال کے کنارے چلتے چلتے ماضی کی ضد میں آتے پانڈے جی کو ایسا لگ رہا تھا، کوئی اُن کی پیٹھ پر لدی اس پوٹلی کو پیچھے دھرتی کی طرف کھینچ رہا ہے، جس میں ججمانی سے ملے ہوئے سامان ہیں۔ دور کے گاؤں میں ایک بزرگ ججمان کی موت ہوگئی تھی اور تیرہیں کا پیپل چھوا کر، پانڈے جی وہاں سے واپس لوٹ رہے تھے۔ پوٹلی میں دیگر اور سامانوں کے ساتھ، جو تل بھی تھے اور ایک جوڑا برتن بھی۔ باقی برتن کو گنی، کریا کے دنوں لے چکے تھے، آج صرف ایک لوٹا، ایک کٹورہ، ایک چمچ اور ایک تھالی۔

کسن رام کے مرنے پر، ہو سکتا ہے، اس کے سوتیلے بھائی اس کے تھوڑے سے جو برتن تھے، انھیں بھی سمیٹ لے گئے ہوں؟ ... اور، ممکن ہے، اپنی ذلیل نیت کی وجہ سے، مرے کسن رام کے نام پر کوئی برتن نہ لگائیں؟ پانڈے جی کو یاد آیا، چندرا بھورانی جو پانی کا لوٹا کھیت میں لے جاتی تھی، اسے کسن رام چھوتا نہیں تھا۔ بھورانی لوٹے سے پانی چھوڑتی تھیں، اور وہ داہنی ہتھیلی ہونٹوں سے لگا کر، غٹا غٹ پیتا تھا۔ تب بھی کیسی جنم جنم کی سی معلوم دیتی تھی اس کی پیاس؟ پانی غٹکنے کی آواز کیسے صاف سنائی پڑتی تھی؟ گلے کی گھنڈی اچانک کیسی لَے میں ڈوبتی سی معلوم ہوتی تھی؟ ... سوچتے سوچتے پانڈے جی کو لگا جیسے کسن رام پیچھے پیچھے چلتا ہوا، اُن کی پیٹھ پر بندھے لوٹے کو اپنے ہونٹوں کی طرف

جھکا رہا ہے۔ پانڈے جی کے پاؤں ایک دم بھاری ہو گئے۔ انھیں یاد آیا، ججمان کے مرنے سے پہلے، یوں ہی تسلّی دینے کو، ایک دن انھوں نے کسن رام کو یہ دلاسہ دیا تھا کہ اس کے مرنے پر وہ خود اس کا ترپن (سیرابی) کر دیں گے اور تب کسن رام کچھ مطمئن ہو گیا تھا — 'مہاراج، آپ کے ہاتھ کی تلانجلی (فاتحہ) سے تو مجھ ابھاگے کے سارے پاپوں کا کفارہ ہو جائے گا۔ مگر کہیں ایسا تو نہیں گسائیں جی کہ الٹے آپ جیسے پوِتر برہمن دیوتا سے ترپن کرانے کی کوئی سزا مجھے بھگتنی پڑے؟'

پانڈے جی جانتے تھے، کسن رام کا ترپن ان کے لیے خلاف شاستر اور ممنوعہ ہے، مگر اُسے مطمئن کرنے کی واحد ترکیب یہی رہ گئی تھی۔ انھوں نے کہہ دیا — 'ذات تو مٹی کی ہوتی ہے، کسن رام۔ مٹی چھوٹ جانے کے بعد، صرف آتما رہ جاتی ہے اور آتما تو اچھوت ہوتی نہیں ...' مگر اس وقت اِن ساری دلیلوں میں جانے کا موقع ہے کہاں؟ دل اسی دُبدھا میں ہو گیا ہے کہ کہیں کسن رام مر گیا ہو، تو کیا وہ اپنا وعدہ پورا کر سکیں گے؟

مَن ہی مَن کیول پانڈے کو اب احساس ہوا کہ پرارتھنا کرتے جا رہے ہیں — 'اور چاہے جو مرا ہو — کسن رام نہ مرا ہو'۔

گاؤں میں اُن دِنوں صرف دو کے ہی مرنے کا خدشہ زیادہ تھا، ایک کسن رام اور دوسری اس کی سوتیلی ماں۔

کیول پانڈے لمحے بھر کو تو جھجکے کہ یہ کسن رام کی سوتیلی ماں کے لیے تعصب کرنا تو نہ ہو گا کہ کسن رام کی جگہ اُس کا مر جانا اچھا معلوم پڑے؟ پھر اس جذبہ میں ہو گئے کہ نوّے سے اوپر گئے کو نورخصت ہونا ہی ہے — آج نہیں تو کل۔

بھاری قدموں سے چلتے چلتے شمشان تک آ پہنچے، تو وہاں صرف آخری شکل میں بجھتی چِتا باقی تھی۔ مردہ پھونکنے والے جا چکے تھے۔ شمشان سونا پڑا تھا۔ ندی کے بہنے کی آواز کے ساتھ سنّاٹا بھی بولتا معلوم پڑتا تھا، جیسے کہ کسی کے جا چکے ہونے کی روداد سنا رہا ہو۔

پانڈے جی باہری اطوار، مذہبی رسوم میں شودروں کو جتنا اچھوت سمجھتے، جذبے

ہیں نہیں۔ پتا اور ماں سے بھی انھوں نے احساس اور فیاضی ہی پائی، مگر روایتی سماجی نظام میں جتنا انھیں باہری اطوار، اخلاق جینا پڑتا، اتنا احساس کا موقع نہیں تھا۔ اس تنہائی میں بھی اپنے منشا پر جاتے ہوئے انھیں ایک سہرن سی ضرور ہوئی۔

کسن رام کے بارے میں تجسس بڑھتا گیا تھا، مگر دور سے پوچھ لینے میں جو آسانی سمجھی تھی، اب وہ بھی نہیں رہی۔ جاننا چاہتے تھے، کسن رام ہی تھا، یا اس کی سوتیلی ماں تھی، یا اچانک مرا کوئی اور، مگر دور سے دیکھنے پر چتا ہیں لاش جلتی دکھائی نہیں دے رہی تھی۔ ممکن ہے، پورا جلا دیا گیا ہو؟ یہ بھی ممکن ہے کہ ادھ جلا شو بہا دیا ہو؟ لیکن پوچھیں کس سے؟ ندی سے کہ جنگل سے؟ آر پار تک صرف گھاٹ کے لباس پھیلے پڑے ہیں۔

تجسس کے تیز بہاؤ میں پانڈے تھوڑا آگے بڑھ گئے۔ اُن کی عجیب حالت ہوگئی۔ شک پاؤں کو پیچھے لوٹا لینا چاہتا کہ کہیں دور کھیتوں میں کام کرتا یا اُس طرف آتا ہوا کوئی شخص شمشان ٹٹولتے انھیں دیکھے گا، تو نہ جانے کیا سمجھے۔ ایک اچھوت کے شو کے جل جانے کے بعد وہ وہاں آخر ڈھونڈ کیا رہے ہیں؟ مگر تجسس جیسے مشتبہ دل کو چاروں طرف گھما دیتا کہ کہیں کوئی ایسی نشانی، یعنی کسن رام کی سوتیلی ماں کا گھا گھرا، پچھوڑا ہی دکھ جائے، جس سے معلوم ہو کہ کوئی عورت ہی مری ہے، اور اندیشہ ٹلے۔ تبھی، اچانک کوئی کپڑا اُن کے پاؤں سے لپٹ گیا اور پانڈے جی چونک کر پیچھے ہٹ گئے۔ دیکھا، بالکل کسن رام کی سی کالی دو کلیا ٹوپی ہے، جسے چندرا بھورانی سے روٹیاں لیتے میں وہ لوہے کے تسلے کی طرح آگے پھیلا دیتا تھا۔ نہیں، اس ٹوپی کو پہچاننے میں چوک نہیں ہو سکتی۔ اس میں اور کسن رام کے سر میں کوئی فرق نہیں۔ اس ٹوپی کو کسن رام کے سر کے بغیر ضرور دیکھ رہے ہیں ـــــ لیکن کسن رام کا سر تو اس ٹوپی کے بغیر کبھی دیکھا نہیں۔

کسن رام!... اوم وشنو!... کیول پانڈے کو لگا، تسلے کی طرح پھیلی ہوئی اُس ٹوپی کے پاس ہی کسن رام کا آسیب بھی موجود ہے اور التجا بھری آنکھوں سے انھیں گھور رہا ہے ـــــ 'مہاراج!'

ہے رام ! ... دُکھ اور غم سے پانڈے جی کی آنکھیں نم ہو گئیں۔ اب تک اندھیرے میں سانپ کی طرح رینگتے اندیشہ کے ثابت ہو جانے سے پاؤں اپنے آپ ایک دم ہلکے ہو گئے، جیسے واقعہ کا واقع ہو جانا سارے اندیشوں سے آزاد کر گیا ہو۔ کیول پانڈے تھوڑا پیچھے لوٹ کر، پھر آگے نکل آئے، گاؤں کی طرف جانے والی سڑک پکڑنے کے لیے۔ تھوڑی دور اور سونیال کے کنارے کنارے ہی چلنا تھا، مگر شمشان سے ذرا اوپر پہنچتے ہی، پھر پاؤں بھاری پڑنے لگے۔ لگا، کسن رام پیچھے چھوٹ گیا ہے، اور ٹوپی پھیلائے ہوئے —— آخر کیا مانگنا چاہتا رہا ہوگا کسن رام اپنے آخری لمحوں میں؟ صرف یہی تو کہ اسے آسیب سے نجات مل جائے؟ شاید مرتے وقت کسی سے کہہ بھی گیا ہو کہ پانڈے جی کو اس بات کی یاد دلا دی جائے کہ انھوں نے کسن رام کا ترپن کرنے کا دلاسہ دے رکھا تھا۔

انھیں یاد ہے، آخری کچھ دنوں میں اپنے نجات کی جو اطمینانی کسن رام کی آنکھوں میں آ گئی تھی، وہ کچھ عام نہ تھی۔ آسیب سے نجات ہو جانے کے اطمینان کا عکس اس کے بولنے، سننے، کھانے، پینے، اور چلنے پھرنے تک میں جھلکنے لگی تھی۔ اب وہ خود تکلیف زدہ نہیں، پُرسکون لگتا تھا۔ اس کے لاغر جسم میں ایک مدھم لے سی آ گئی تھی۔ کیول پانڈے کا یہ کہنا کہ تنہائی میں ہی وہ شاستروں کے مطابق اس کا ترپن کر دیں گے —— سن کر وہ بیراگیوں کی سی لطافت میں کھو گیا تھا۔ اب کہیں ایسا نہ ہو، اس کی مری ہوئی روح یہی پھر ڈھونڈتی رہی ہو کہ پانڈے جی اس کا ترپن کرتے بھی ہیں یا نہیں؟

کیول پانڈے جیسے جیسے آگے بڑھتے جاتے، لگتا تھا، کسن رام انھیں پیچھے لوٹا لینا چاہتا ہے اور اس سے نجات کا واحد راستہ ہے، اس کا ترپن کر دیا جائے۔ تمام دبدھاؤں سے نجات کا یہی ایک راستہ باقی ہے۔ ذات برادری کے لوگوں کے علم میں تو کچھ بھی کرنا ممکن نہیں۔ یہاں، اس سونیال گھاٹی کی تنہائی میں تو صرف وہ ایشور گواہ رہے گا، جس کے لیے سارے انسان ایک ہیں۔ نہ کوئی ڈوم ہے، نہ کوئی ٹھاکر، برہمن۔ مگر شمشان کے قریب ہی ترپن کرنے پہ کوئی آتا جاتا دیکھے گا تو سوالیہ آنکھوں سے ضرور گھورے گا۔ اور کہیں یہ افواہ نہ پھیلا دے

کہ پیسے کے لالچی برہمن اب چوری چوری شودروں کی پوروہتائی بھی کرنے لگے ؟

تھوڑی ہی اوپر، ایک پتلی دھارا سونیال سے مل رہی تھی۔ پانڈے جی آگے بڑھے اور سنگم کے پاس ایک اونچے پتھر پر پوٹلی رکھ دی۔ پوٹلی کھولتے میں لوٹا اچانک ایک دیو کے روپ میں باہر کو لڑھک پڑا۔ پانڈے جی کا دل بھر آیا۔ تھوڑی دیر تک وہ کسن رام کے ساتھ بیتے بچپن کے لمحوں کی یادیں میں ڈوبے ہی رہ گئے۔ آخر دھیرے سے پانی بھر کر، انھوں نے ندی کے کنارے کی مٹی میں بیدی جیسی بنا کر، لوٹا رکھ دیا۔ زندگی بھر تو ججمانوں کی ہتھیلی سے ہی دان قبول کیا ہے، آج تھوڑا سا دان اپنے خدمت گار کے نام پر خود بھی کیوں نہ قبول کر لیں ؟ فکر میں فیاض ہوتے ہوتے، پانڈے جی یہ بھی بھول گئے کہ ایک شودر کا ترپن کر رہے ہیں۔ تھالی، گلاس اور کٹورہ بھی انھوں نے نکال لیا۔ تھالی میں جو تل ڈال لیے۔ تھوڑے سے متبرک گھاس بھی توڑ لائے۔ سارا سامان ٹھیک کر لینے کے بعد، پہلی نلانجلی (فاتحہ) دینے کے لیے، کسن رام پریت پر دیتا رکھ، کہتے کہتے ان کا دل بھر گیا، پیچھے لوٹ کر شمشان کے پاس پڑی کسن رام کی ٹوپی اٹھا لائیں اور اسی میں جو تل چھوڑ دیں ـــــ' وشنو وشنو...!

کسن رام کا ترپن کر کے گاؤں کے ایک دم قریب پہنچ گئے، تو کیول پانڈے کو اچانک یاد آیا کہ کل ہی انھیں اپنے پتا جی کا شرادھ بھی تو کرنا ہے !... پہلے دن ایک شودر کا ترپن کرنے کے بعد پھر اپنے مذہبی اور شاستروں کے مطابق جینے والے پتا کا شرادھ ! پانڈے جی نے اپنے ہاتھوں کی طرف دیکھا۔ لگا، اشدھ ہو گئے ہیں بے چین ہو کر، اپنے منہ پر انگلیاں پھیریں، تو ماحول میں سڑی توڑنے جیسی تیکھی مہک پھیلی ہوئی محسوس ہوئی۔

پانڈے جی سوچ رہے تھے، یوں چوری چوری شودر کا ترپن کرنے کے بعد، بغیر گھر والوں سے کہے سنے انھیں پتا جی کا شرادھ قطعی نہیں کرنا چاہیے۔ جنت نشیں بزرگ کے لیے یہ فریب نقصان دہ ہی ہوگا۔ جانتے تھے، اچھوتوں کے لیے تمام فیاضی کے باوجود، ذاتی رسوم کی عقیدت اور سختی ان کے پتا میں زیادہ تھی۔ جو شاستر

کے مطابق ہے، وہی انسانی بھی ہے، ایسی ان کی رائے تھی اور اسے نبھایا بھی۔ جس نے تا عمر شاستر کے خلاف کوئی کام نہیں کیا، اسی کا شرادھ اشدھ ہاتھوں سے کیسے کیا جا سکتا ہے؟

گاؤں قریب آتا جا رہا تھا۔ مگر کیول پانڈے بہت تھک گئے تھے۔ انھیں ڈر لگ رہا تھا، شدھ دل سے شرادھ کرنے کے لیے انھیں سچ بولنا ہی پڑے گا، پھر چاہے گھر والوں اور برادری میں کیسا ہی ناپسندیدہ ردِ عمل کیوں نہ ہو۔ انھیں لگا، کسن رام کو آسیب سے نجات تو مل گئی ہوگی، لیکن جب شودر ترپن کی ندامت کا آسیب اُن سے چمٹ گیا ہے۔ کسن رام کی یاد آنے پر، ماتھے کا پسینہ پونچھتے ہوئے، انھوں نے پھر شمشان کی طرف آنکھیں اٹھائیں، لگا، مغرب کی طرف غروب ہوتے سورج اور ان کے درمیان میں اِس وقت اُن کا اپنا ہی آسیب لٹکا ہوا ہے اور اسی بدحواسی میں، کچھ دیر، وہیں پگڈنڈی کے کنارے کے پتھر پر بیٹھے ہی رہ گئے۔

سوتیلی ماں کو پھونک کر، دوسرے راستے سے گھر کو واپس لوٹتے کسن رام نے نہ صرف پانڈے جی کو دھیان میں ڈوبا ہوا سا، اداس سڑک کے کنارے بیٹھے دیکھا، تو نہایت عقیدتمندی کے ساتھ 'مہاراج' کہتے ہوتے بندگی میں جھکا۔

جیسے کہیں خلا میں سے آتی سی پکار کو سُن کر، کیول پانڈے نے چونک کر سامنے کی طرف نگاہ کی، تو کسن رام کا ننگا سر دکھائی دیا۔ بیچ سر میں، جہاں پر بال نہیں رہ گئے تھے، پسینے کی بوندیں تھیں۔ کیول پانڈے حیرانی سے دیکھتے ہی رہ گئے۔ کسن رام دونوں ہاتھ بندگی میں جوڑے، زمین پر ویسے ہی جھکا ہی تھا، جی ... تا ... رہو، کہنے کو ہاتھ اوپر اٹھاتے ہوئے، کیول پانڈے کو لگا، جیسے اپنے کو آسمان میں لٹکے کسی آسیب کے بندھن سے آزاد کر رہے ہوں۔

شو پرساد سنگھ

ننّھوں

ڈاکیے نے دروازے پر دستک دی ۔ ننھوں سہوائن نے دال کی پتیلی پر یوں کلچھی ماری جیسے سارا قصور پتیلی کا ہی ہے۔ ہلدی سے رنگے ہاتھ میں کلچھی پکڑے وہ رسوئی کے باہر آئیں اور غصے کے مارے جلی بھنی ، دو کا ایک ڈگ مارتیں ڈیوڑھی کے پاس پہنچیں۔

'کون ہے رے !' سہوائن نے ایک ہاتھ میں کلچھی پکڑے دوسرے سے سانکل اتار کر دروازے سے جھانکا تو ڈاکیے کو دیکھ کر دھک ۔ سے پیچھے ہٹیں اور پلّو سے ہلدی کا داغ بچاتے، ایک ہاتھ کا گھونگھٹ کھینچ کر درو ۔ سے کی آڑ میں چھپکلی کی طرح سمٹ گئیں ۔

' اپنے کو چٹھی، کہاں سے آئے گی منشی جی ، پتہ ٹھکانہ ٹھیک سے پڑھ لو۔ بھول چوک ہوئے گئی ہوگی، ' وہ آہستہ سے پھسپھسائیں ۔ پہلے تو صرف ان کی ایک چھوٹی انگلی دکھ رہی تھی جو شبہے اور گھبراہٹ کی وجہ سے چھپکلی کی پونچھ کی طرح اینٹھ رہی تھی۔

' نہیں جی ، کلکتے سے کسی رام شبھگ ساہو نے بھیجی ہے ، پتہ ٹھکانہ میں کوئی غلطی نہیں ...'

'رام سو ...' ادھ کہی بات کو ایک گھونٹ میں پی کر سہوائن یوں دیکھنے لگیں ' جیسے پانی کا دھکا لگ گیا ہو۔ چھوٹی انگلی کا سرا پلّے میں جامد کیل کی طرح دھنس گیا تھا ــــ ' اپنے کی ہی ہے منشی جی ...'

منشی جی تے چٹھی آ گئے۔ بڑھائی، چھوٹی انگلی پھر ہلی، پتنگے کی طرح پھڑ پھڑاتی چٹھی کو پنجے میں دبوچ کر ننھوں سہو ائن پیچھے ہٹیں اور دروازے کو جھٹکے سے بھیڑ لیا۔ آنگن کے کونے میں پانی رکھنے کے چبوترے کے پاس کھڑی ہو کر انھوں نے چٹھی کو پڑھا۔ رام سو بھگ آ رہا ہے، لکھا تھا چٹھی میں۔ صرف تین سطر کی عبارت تھی پوری۔ لیکن ننھوں کے لیے اس کے ایک ایک حرف کو پڑھنے میں پہاڑ سا وقت لگ گیا جیسے۔ چبوترے کے پاس کلسی کے نیچے، پانی گرنے سے زمین نم ہو گئی تھی، جی کے بیج گرے تھے جانے کب کے، اکٹھے ایک میں سٹے ہوئے اجلے ہرے انکھوئے پھوٹے تھے۔ ننھوں سہو ائن انھیں ایک ٹک دیکھتی رہیں کافی دیر تک۔

پانچ سال کا وقت کچھ کم نہیں ہوتا۔ لمبے لمبے پانچ سال —— پورے پانچ سال کے بعد آج رام سو بھگ کو بھوجی کی یاد آئی ہے۔ پانچ سال میں اس نے ایک بار بھی خیر خبریت کی خبر نہیں دی۔ ایک بار بھی نہیں پوچھا کہ بھوجی جیتی ہے یا مر گئی۔ جب اپنا ہی نہیں رہا حال چال لینے والا، تو دوسرا کون پوچھتا ہے، کسے؟ ننھوں سہو ائن نے چارپائی کے پاس سے ماچی کھینچی اور اس پر بیٹھ گئی۔ ہلدی سنی انگلیوں کے نشان 'کارڈ' پر ابھر آئے تھے۔ —— جیسے شادی بیاہ کا نیوتا تھا۔ شادی بیاہ کا خیال آتے ہی ننھوں سہو ائن کی آنکھیں کیلوے مچھلی سی چمک اٹھیں۔ جانے کتنی بار سوچا ہے انھوں نے اپنی شادی کے بارے میں۔ کئی بار سوچا، اس تکلیف دہ بات کو پھر کبھی نہ سوچوں گی۔ جو قسمت میں نہ تھا اس پر پچھتاوا کیا؟ لیکن وہ عورت کیا جو اپنی شادی کے بارے میں نہ سوچے اور ایک ایسی عورت جس کی شادی اس کی زندگی کا دستاویز بن کر آئی ہو، زندگی صرف اس کی رگیر وہی نہیں بنی اس تو ننھوں کی ساری زندگی کو ریت بھری پرتی کی طرح ویران کر دیا۔

گاؤں کی سبھی عورتوں کی طرح ننھوں کا بھی بیاہ ہوا۔ اس کی بھی شادی میں وہی ہوا جو سبھی شادیوں میں ہوتا ہے۔ باجا گاجا، ہلدی، سندور، موج مستی، ہنسی ٹھٹھولی —— سب کچھ وہی۔

ایک بات میں ضرور فرق تھا کہ ننھوں کی شادی اس کے میکے میں نہیں، سسرال میں ہوئی۔ اس طرح کی شادیاں بھی، کوئی نئی نہیں تھیں، جو زندگی کے اس اہم موقعہ کو

بھی خوشیوں اور خواہشوں کے باوجود رنگینیوں سے باندھنے کے سامان نہیں جٹا پاتے وہ بارات چڑھاکر نہیں، ڈولا اتار کر شادی کرتے ہیں۔ اس لیے ننھوں کی شادی بھی ڈولا اتار کر ہی ہوئی تو اس میں بھی کوئی خاص بات تو نہیں ہو گئی۔ ننھوں کا پتی مسری لال ایک پیر کا لنگڑا تھا، پیدائشی لنگڑا۔ اس کا داہنا پیر جوانی میں بھی بچوں کی بانہہ کی طرح ہی ملائم اور پتلا تھا۔ ڈنڈا ٹیک کر پھدکتا ہوا چلتا۔ ناک نقشے سے کوئی برا نہیں تھا، ویسے کالا چہرہ ابھری ہوئی ہڈیوں کی وجہ سے بہت ویران لگتا۔ گھر میں کرانے کی دکان ہوتی، جس میں کھانے پینے کے ضروری سامانوں کے علاوہ تمباکو، بیڑی ماچس اور ضرورت کی کچھ سبزیاں بھی بکتیں۔ اکثر سبزیاں باسی پڑی رہتیں، کیونکہ اناج سے برابر کے بھاؤ خریدنے والے اچھے کسان بھی مہمان کے آنے پر ہی اس طرح کا سودا کیا کرتے۔

مسری لال کی شادی پکی ہوئی تو ننھوں کا باپ بڑا خوش تھا کیوں کہ مسری لال کے نام پر جو لڑکا دکھایا گیا وہ شکل سے اچھا اور چال چلن میں کافی شوقین تھا۔ لمبے لمبے الٹے پھیرے ہوتے بال تھے، رنگ ویسے سانولا تھا، لیکن ایک چکنائی تھی جو دیکھنے میں خوب صورت لگتی تھی۔ اسی لیے لڑکے والوں نے جب زور دیا کہ ہمیں بارات چڑھا کے شادی سہتی نہیں، ڈولا اتاریں گے، تو تھوڑی میم میخ کے بعد ننھو کا باپ بھی تیار ہو گیا کیوں کہ اس میں اس کا بھی کم فائدہ نہیں تھا۔ خرچ کی کافی بچت تھی۔

ڈولا آیا۔ اسی دن ہلدی تیل کی ساری رسمیں بطور ٹوٹکے کے پوری ہو گئیں اور اسی رات کو باجے گاجے کے بیچ ننھوں کی شادی مسری لال سے ہو گئی۔ باجوں کی آوازیں ہمیشہ جیسی ہی خوشی سے بھری تھیں، منڈپ کی جھنڈیوں اور چندوے میں ہوا کی خوشی بھری حرکتیں بھی پہلے جیسی ہی تھیں۔ لیکن ننھوں اپنے ہاتھ بھر کے گھونگھٹ کے نیچے آنسوؤں کو سوکھانے کی کتنی کوشش کر رہی تھی، اسے کسی نے نہ دیکھا۔ ایک بھاری بدصورت پتھر کو گلے میں باندھے وہ درد اور تکلیف کے گہرے سمندر میں اتار دی گئی تھی جہاں سے اس کی سسکیوں کی آواز بھی شاید ہی سنائی پڑتی۔

'کہو بھوجی، بابا نے دیکھا تو مجھ کو، لیکن شادی ہوئی مسری بھیا کی،' رام شوبھگ نے دوسرے دن کونے میں بیٹھی ننھوں سے مسکراتے ہوئے کہا، 'اپنا اپنا بھاگ ہے،

ایسی چاند سی بہو پاتے کی قسمت میری کہاں ہے ؟' بھوجی مذاق کے لیے بنی ہے، لیکن ایسے مذاق کا بھی کیا جواب ؟ ننھوں کی آنکھوں سے جھر جھر آنسو گرنے لگے جنھیں وہ پورے چوبیس گھنٹے سے مسلسل روکے ہوئے تھی۔ رام سوبھگ بالکل گھبرا گیا، اس نے دُکھی کرنے کے لیے ہی چوٹ کی تھی، لیکن زخمی ہمیشہ پنکھ سمیٹے شکاری کے قدموں میں ہی تو نہیں گرتا، کبھی کبھی صرف خون کی بوندیں گرتی ہیں اور پنچھی تیر کو سینے میں سمائے ہی اڑتا جاتا ہے۔

'ٹھیک کہا لالہ تم نے، اپنا اپنا بھاگ ہی تو ہے...' ننھوں نے کہا اور چپ چاپ پلکوں سے آنسوؤں کی چٹانوں کو دھکیلتی رہی۔

رام سوبھگ مسری لال کا ماموں زاد بھائی ہے۔ اکثر وہ یہیں رہتا، ایک تو اس لیے کہ اُسے اپنا گھر پسند نہ تھا۔ باپ سختی سے کام کراتا اور آنا کانی کی تو بوڑھے باپ کے ساتھ دوسرے بھائیوں کا مِلا جُلا غصہ اس کے لیے بہت بھاری پڑتا۔ دوسرے مسری لال کا بھی ارادہ تھا کہ وہ اکثر یہاں آتا جاتا رہے تاکہ اُسے دُکان کے لیے سامان وغیرہ خریدوانے میں آسانی پڑے۔ رام سوبھگ کے لیے مسری لال کا گھر اپنے جیسا ہی تھا۔ اس نے مسری لال کی شادی کی بات سنی تو بہت خوش ہوا تھا کہ گھر میں ایک عورت آجائے گی تھوڑی چہل پہل رہے گی اور مروّت میں اکثر جو اُسے چولہا پھونکنے کا کام بھی کر دینا پڑتا، اس سے فرصت مل جائے گی۔ لیکن ننھوں کو دیکھ کر رام سوبھگ کو لگا کہ کچھ ایسا ہو گیا ہے، جیسا کبھی سوچا نہ تھا۔ ننھوں وہی نہیں ہے جسے مسری لال کی عورت کے روپ میں دیکھ کر اُسے کچھ دشواری نہ محسوس ہو۔ وہ کافی یقین کے ساتھ آیا تھا، ننھوں سے بات کرنے، اُسے جتا دینے کہ رام سوبھگ بھی کچھ کم نہیں ہے۔ مسری لال کی بڑی عزت ملتی ہے اُسے۔ یہ گھر جیسے اُسی کے سہارے ٹِکا ہے اور بھوجی کے لیے رام سوبھگ سا دیور بھی کہاں ملے گا اور شادی کے پہلے تو ننھوں کے باپ نے بھی اُسے ہی دیکھا تھا... لیکن نہ جانے کیا ہے ننھوں کی ان جھکی ہوئی آنکھوں میں کہ رام سوبھگ سب بھول گیا۔ چار پائی کے نیچے بچھی رنگین سہاگی چٹائی پر پیروں کو ہاتھ میں لپیٹے ننھوں بیٹھی تھی گُڈی مُڈی، اس کی لمبی پلکیں بارش میں بھیگی تتلی کے پروں کی طرح نم اور بکھری تھیں اور وہ ایک ٹک کہیں دیکھ رہی تھی، شاید من کے اندر کسی

بالیوں سے لدی فصل سے ڈھکے لہراتے ہوئے ایک کھیت کو، جس میں کسی نے ابھی ابھی جلتی ہوئی لکڑی پھینک دی ہے۔

رام سو بھگ کافی دیر تک یوں ہی چپ بیٹھا رہا۔ وہ کبھی آنگن میں دیکھتا تھا کبھی منڈیر پر۔ وہ چاہتا تھا کہ اس خاموشی کو ننھوں ہی توڑے، وہی کچھ کہے، اپنے مَن سے ہی جو کہنا ٹھیک سمجھے، کیوں کہ اس کے کہنے سے شاید بات کچھ ٹھیک بنے نہ بنے، لیکن ننھوں تو کچھ بولتی ہی نہیں۔

بیاہ کے دوسرے دن رسم و رواج پورے ہو رہے تھے، کماری ڈالے میں اچھت سندور لے کر گاؤں کی تمام سکھیوں کے چوڑے پُوج آئی تھیں، اور سب سے مسری لال کی مرحومہ ماں کی طرف سے نئے جوڑے کے لیے آشیرواد مانگ آئی تھی۔ رات بھر گانے سے تھکی ہوئی بھاٹنیں اپنے موٹے اور بھونڈے آوازوں میں اب بھی رام اور سیتا کی جوڑی کی دعائیں گا رہی تھیں۔ کچھ بچے کھچے لوگ ایک طرف بیٹھے کھا رہے تھے۔ پُوروے پتّل ادھر اُدھر بکھرے پڑے تھے۔

'اچھا بھوجی...' رام سو بھگ اس خاموشی کو اور نہ جھیل سکا۔ چپ چاپ اُٹھ کر آنگن میں چلا آیا۔

'کیا جوا، بھوجی پسند آئی؟' ایک منجلی بھاٹن نے موٹی آواز میں پوچھا۔

'ہاں، ہاں، بہت...' رام سو بھگ اس سوال کی چبھن کو بھانپ گیا تھا۔ اس نے مسکرانے کی کوشش کی، لیکن گردن اوپر نہ اُٹھ سکی۔ وہ چپ چاپ سر جھکائے دالان میں جاکر مسری لال کے پاس چارپائی پر بیٹھ گیا۔ اس وقت مسری لال دو ایک ناتے رشتے کے لوگوں سے باتیں کر رہا تھا۔ پیلے رنگ کی دھوتی اس کے کالے جسم پر پھب رہی تھی، لیکن اس کے چہرے کی ویرانی میں کوئی فرق نہ تھا، خوشی اس کے چہرے پر ایسے لگ رہی تھی جیسے کسی نے زنگ لگی پچکی ڈبیہ میں کافور رکھ دیا ہو۔ اس کے داہنے ہاتھ کا کنگن ایک مرے ہوئے مکڑے کی طرح جھول رہا تھا... جانے کیوں آج رام سو بھگ کو مسری لال بہت بدصورت لگ رہا تھا، شادی کے کپڑوں میں کوئی ایسا بھدّا لگتا ہے، یہ رام سو بھگ نے پہلی بار دیکھا۔

'سو بھگ' مسری لال نے بات چیت سے نبٹ کر دالان میں تنہائی دیکھ کر پوچھا

'کیوں رے بھوجی کیسی لگی — سچ کہنا، اپنوں سے کیا پردہ — گیا تھا نہ، کچھ کہہ رہی تھی ؟'

'نہیں تو' رام سو بھگ نے کہا، 'کافی ہنس مکھ ہے، ویسے میکہ چھوٹنے پر تو سبھی دُلہنیں تھوڑی اداس رہتی ہیں' مسری لال عجیب طریقے سے ہنسا، 'ارے واہ رے سُومبھو، تُو تو سبھی دُلہنیں پہچاننے میں سب بے جوڑ نکلا۔ اداس کیوں لگتی ہے بھلا وہ ؟ کسی بھرے خاندان والے گھر میں جاتی، ساس جیٹھانیوں کی دھونس سے کلیجہ پھٹ جاتا، دن رات کاؤں کاؤں، یہاں تو بس دو پرانی ہیں، راج کرنا ہے، ہے کہ نہیں ؟'

'ہوں' رام سو بھگ گردن جھکائے چار پائی کے نیچے دیکھ رہا تھا، اس نے ویسے ہی حامی بھر دی جیسے اس نے پوری بات سنی ہی نہ ہو۔

'مسری ساہ !' دروازے سے کماری نے پوچھا، 'باباجی بلا رہے ہیں چوکے پر کنگن چھوٹنے کی سائت بیت رہی ہے۔' مسری لال دھیرے سے اٹھے اور بُدبُداتے ہوئے چوکے پر جا بیٹھے۔ لال چُونر میں لپیٹے، گڑیا کی طرح اٹھا کر ننھوں کو کماری لے آئی اور اس نے مسری لال کے بغل میں بٹھا دیا۔

مسری لال کی شادی ہوئے ایک ہفتہ بیت چکا تھا۔ اس بیچ جانے کتنی بار رام سو بھگ ننھوں کے پاس بیٹھا۔ ننھوں کے پاس بیٹھنے میں اسے بڑی گھٹن محسوس ہوتی، اسے ہر بار لگتا کہ وہ غلطی سے آگیا، اس کا جی ہر بار ایک عجیب قسم کی اداسی سے بھر جاتا۔ وہ سوچتا کہ اب اس کے پاس نہیں جاؤں گا، جو ہونا تھا، سو ہو گیا، لیکن اس کا جی نہیں مانتا۔ ننھوں نے اس درمیان مشکل سے دو چار باتیں اس سے کی ہوں گی۔ کبھی شاید ہی اس کی طرف دیکھا ہوگا، لیکن پتہ نہیں ان جھکی ہوئی پلکوں سے گھری آنکھوں میں کیسا احساس ہے کہ رام سو بھگ کھنچا چلا آتا ہے۔ وہ آنکھیں اُسے کبھی نہیں دیکھتیں، کہیں اور دیکھتی ہیں، لیکن ان کا اس طرح دیکھنا رام سو بھگ کے جی میں آندھی کی طرح گھمڑ اٹھتا۔ وہ بار بار سوچتا کہ شاید ننھوں کے باپ کے سامنے وہ دولہا بن کر نہ کھڑا ہوتا تو ننھوں آج یہاں نہ ہوتی۔ جھکی ہوئی پلکوں سے گھری ان آنکھوں میں درد اسی کا پیدا کیا ہوا ہے۔ وہی قصوروار ہے،

وہی ملزم ہے۔ رام سو بھگ اسی لیے ننھوں کے پاس جانے کو بے چین ہو اٹھتا ہے لیکن پاس پہنچنے پر یہ بے چینی کم نہیں ہوتی۔ اس کی ماں نے بہو کو 'منہ دکھائی' دینے کے لیے دو روپے نیوتا کے ساتھ بھیجے تھے، لیکن ننھوں کو دیکھ کر اس کی ہمت نہ ہوتی کہ وہ روپے ماں کی طرف سے اسے دے دے۔ وہ بازار سے سلک کا ایک رومال بھی خرید لایا۔ روپے اسی میں باندھ لیے۔ لیکن رومال ہمیشہ اس کی جیب میں پڑا رہا، وہ اُسے ننھوں کو دے نہ سکا۔

'کیوں لالہ، اتنے اداس کیوں ہو؟' ایک دن پوچھا تھا ننھوں نے، 'یہاں مَن نہیں لگتا، بھائی بھوجائیوں کی یاد آتی ہوگی...'

'نہیں تو، اُداس کہاں ہوں، تم جو ہو...' رام سو بھگ نے مُسکراتے ہوئے کہا۔

'میں... ہاں، میں تو ہوں ہی، لیکن لالہ، میں تو دُکھ کی ساجھے دار ہوں، سُکھ کہاں ہے اپنے پاس جو دوسروں کو دوں؟ اُداسی میں پَلی، اداسی میں ہی بڑھی۔ پیدا ہوئی تو ماں مر گئی، بڑی ہوئی تو باپ کا بوجھ بنی۔ میں بھلا دوسرے کی اداسی کیا دور کر سکوں گی...'

'دیکھو بھوجی...' رام سو بھگ نے پوری ساجھے داری سے کہا ___ 'جو ہونا تھا وہ ہو گیا... دن رات گھلتے رہنے سے کیا فائدہ... کچھ خوش رہا کرو... تھوڑا ہنسا کرو...'

ننھوں مسکرانے لگی ___ 'اچھا لالہ، تم کہتے ہو تو خوش رہا کروں گی، ہنسوں گی، لیکن بُرا نہ ماننا، بنا عادت کے کام میں تھوڑی دیر لگتی ہی ہے۔'

اس دن رام سو بھگ بڑا خوش تھا۔ سر کا بھاری بوجھ ہٹ گیا۔ جیسے کسی نے چبھتے ہوئے کانٹے کو کھینچ کر نکال دیا۔ ننھوں کا مسکرانا بھی غضب ہے، وہ سوچ رہا تھا۔ اداس رہے گی تب بھی، مسکرائے گی تب بھی، ہر حالت میں جانے کیا ہے اس کے چہرے میں۔ جو رام سو بھگ کا مَن اچاٹ دیتا ہے۔ گاؤں میں گھومتا رہے، بازار سے سودا لاتا رہے، لوگوں کے درمیان بیٹھ کر گپیں ہانکتا رہے... ننھوں کے چہرے کا خیال آتے ہی ایک رس سُوت جھٹکے سے ٹوٹ جاتا، سوئی

سطح میں لہریں دائرے میں گھومنے لگتیں۔ سناٹے میں جیسے مندر کے گھنٹے کی گونج جھنجھنا اٹھتی ...

چیت کی ہوا میں گرمی بڑھ گئی تھی۔ اس میں صرف نیم کی خوشبودار منجریوں کی مہک ہی نہیں، ایک نئی حرکت بھی آ گئی تھی ... اس کی لپیٹ میں سوکھی پتیاں، سوکھے پھول، پکی فصلوں کی ٹوٹی بالیاں تک اڑ کر آنگن میں بکھر جاتیں۔ دوپہر میں کھانا کھا کر مسری لال دالان میں سو جاتا، اور رام سوبھگ بازار گیا ہوتا یا کہیں گھومنے ... ننھوں گھر میں تنہا بیٹھی سوکھے پتوں کا پھڑپھڑانا دیکھتی رہتی۔ اس کے آنگن کے پاس بھی کھنڈر میں نیم کا درخت تھا۔ ایسے دنوں میں جب نیم ہرے نموریوں سے لد جاتا، وہ ڈھیر نموریاں توڑ کر گھر لے آتی اور انھیں توڑ توڑ کر تازے دودھ سے گالوں پر طرح طرح کی تصویریں بناتی ... شیشے میں ٹھیک اپنی کی تصویر معلوم ہوتی۔ رام لیلا میں دیکھا تھا، رام اور سیتا بننے والے لڑکوں کے گالوں پر ایسی ہی تصویریں بنتی تھیں۔

ہوا کا ایک تیز جھونکا آیا، کواڑ جھٹکے سے کھڑکھڑایا، دیکھا، سامنے رام سوبھگ کھڑا تھا مسکراتا ہوا۔

'بھوجی' وہ پاس کی چارپائی پر بیٹھ گیا ——'ایک گلاس پانی پلا دو۔ بڑی پیاس لگی ہے ...'

'کہاں گئے تھے اتنی دھوپ میں؟' ننھوں اٹھی اور آنگن کے کونے میں چبوترے پر رکھے گھڑے سے پانی ڈھال کر لے آئی۔

جانے کیا ہو گیا تھا اس دن رام سوبھگ کو کہ اس نے گلاس کے ساتھ ننھوں کی بانہہ کو دونوں ہاتھوں سے پکڑ لیا۔ ایک جھٹکے کے ساتھ بانہہ کانپی اور سانپ کی طرح اینٹھ کر رام سوبھگ کے ہاتھوں سے چھوٹ گئی۔ گلاس دھپ کی آواز کے ساتھ ہی زمین پر گر پڑا۔

'سرم نہیں آتی تمھیں ...' ننھوں سانپ کی طرح پھنکارتی ہوئی بولی —— بڑے مرد تھے تو سب کے سامنے بانہہ پکڑی ہوتی۔ تب تو سوانگ کیا تھا۔ دوسرے کے بدلے تنے تھے، صورت دکھا کر ٹھگاری کی تھی۔ اب دوسرے کی بہو کا ہاتھ پکڑتے سرم نہیں آتی ...'

ہیں... تو بھوجی تمھیں یہ دینے آیا تھا...' رام سو بھگ نے رومال نکالا جس کی کھونٹ میں دو روپے بندھے تھے۔

'کیا ہے یہ؟' ننھوں نے غصّے میں ہی پوچھا۔

'منہ دکھائی کے روپے ہیں۔ کئی بار سوچا دینے کو، پر دے نہ سکا۔'

اس نے رومال وہیں چارپائی پر رکھ دیا اور لڑکھڑاتا ہوا باہر چلا گیا۔ سارا آنگن جھولے کی طرح ڈول رہا تھا۔ گاؤں کی گلیاں، دروازے جیسے اس کی طرف گھور رہے تھے۔ اسی دن وہ اپنے گاؤں چلا گیا۔

دو مہینے بیت گئے، رام سو بھگ کی کوئی خبر نہ ملی۔ مسری لال کبھی اس کا ذکر بھی کرتا، تو ننھوں کو خاموش دیکھ، ایک دو باتیں کرکے خاموش ہو جاتا۔ دوکان کے لیے ساری چیزیں رام سو بھگ ہی خرید کر لاتا تھا۔ اس کے نہ ہونے سے مسری لال کو بہت تکلیف ہوتی۔ کسی لدّو، ٹٹّو یا بیل والے سے سامان تو منگوا لیتا لیکن چیزیں من موافق نہیں ملتیں اور ان کے ساتھ بازار جاکر چیزیں خریدنے میں اُسے کافی دقّت بھی ہوتی۔ دوپہر کے وقت، جب کہ سورج سر پر تپتا ہوتا، تُو میں ڈنڈے کے سہارے ٹیکتا، پسینے سے لت پت کسی طرح وہ گھر پہنچ پاتا۔ اس طرح کے آمد و رفت میں ایک دن اُسے لُو لگ گئی اور وہ بستر پر گر پڑا۔ ننھوں نے آم کے پتّے پلائے۔ ہاتھوں اور پیروں میں بھُنے آم کی لگدی بھی لگائی، لیکن بخار کم نہ ہوا۔ درد کے مارے وہ چھٹپٹاتا رہا۔ ننھوں گھر سے نکلتی نہ تھی، کسی سے مدد مانگنا بھی مشکل تھا۔ اس نے کماری کو بلاکر رام سو بھگ کے گاؤں بھیجا۔ کہلایا کہ سوچنے سمجھنے کی ضرورت نہیں ہے۔ خبر ملتے ہی جلد سے جلد چلے آویں۔ تین چار پہر رات گئے رام سو بھگ مسری لال کے دروازے پر پہنچا تو وہاں کافی بھیڑ تھی۔ اندر عورتوں کے رونے کی چیخیں گونج رہی تھیں۔ باہر مسری لال کی لاش رکھی تھی۔ ننھوں بیوہ ہو چکی تھی۔

رام سو بھگ مسری لال کے کریا کرم میں لگا رہا، ننھوں سے کچھ کہنے کی اُسے فرصت ہی نہ ملی۔ کبھی سامنے ننھوں دِکھ بھی گئی تو اس میں اتنی ہمت نہ ہوئی کہ صبر کے دو لفظ بھی کہہ سکے۔ کانچ کی چوڑیاں بھی قسمت کا عجیب کھیل کھیلا کرتی ہیں۔ ننھوں

جب انھیں پہننا نہیں چاہتی تھی تب تو یہ زبردستی اس کے ہاتھوں میں پہنا دی گئیں، اور اب جب وہ انھیں اتارنا نہیں چاہتی تو لوگوں نے زبردستی ہاتھوں سے اتروا دیا۔ کام کاج کے گھر میں اتنی فرصت ہی کہاں تھی کہ ننھوں بیٹھ جاتی۔ لیکن کبھی کبھی دوپہر میں دو ایک گھڑی کی فرصت ملتی تو وہ اپنی اسی سہاگی چٹائی پر بیٹھی ہوئی چپ چاپ آنگن میں دیکھا کرتی۔ رام سو بھگ اس کے اس دیکھنے کے ڈھنگ سے اتنا پریشان ہو جاتا کہ کام کاج کے بیچ میں بھی ننھوں کی وہ تکتی آنکھیں اس کے دل میں چبھنے لگتیں۔ آنگن میں اِدھر اُدھر آنے جانے میں وہ گھبراتا۔ کہیں ننھوں پر نظر نہ پڑ جائے، اسی لیے گاؤں کے دوسرے لوگوں کو کام سونپ کر وہ باہر کے کاموں میں صبح سے شام تک جٹا رہتا۔ کریاکرم بیت جانے پر وہ گھر میں کم ہی بیٹھ پاتا۔ اکثر سودا سامان خریدنے بازار نکل جاتا یا خالی رہا تو گاؤں میں کسی کے دروازے پر بیٹھا دن گزار دیتا۔

کئی مہینے بیت گئے۔ برسات آئی اور گئی۔ پانی سوکھ گیا۔ بادلوں کا گھرنا بند ہو گیا۔ بوچھاروں سے ٹوٹی کمزور دیواروں کے زخم بھر گئے۔ نئی مٹی سے سج سنور کر وہ پہلی جیسی ہی خوش معلوم ہوتیں۔ ایسا لگتا جیسے ان پر کبھی بوچھار کی چوٹ پڑی ہی نہ ہو، کبھی ان کے تن پر ٹھیس لگی ہی نہ ہو۔

اس دن چمتولی میں گادی لگی تھی۔ کارتک کی پورنیما کو ہمیشہ یہ گادی لگتی۔ درمیان تخت پر ست گورو کی تصویر پھول مالاؤں سے سجا کر رکھی ہوئی تھی۔ اگر بتیوں کے دھوئیں سے چمروٹی کی گندی ہوا بھی خوشبودار ہو گئی تھی۔ کیرتن منڈلی بیٹھی ہوئی تھی۔ گاؤں کی عورتیں، بوڑھے بچے جمع ہو کر بھجن سن رہے تھے:

جو تم باندھے موہ پھانس، ہم پریم بندھن تم باندھے
اپنے چھوٹن کی جتن کرہو، ہم چھوٹے تم آرادھے
جو تم گیریور تو، ہم مورا
جو تم چندا ہم بھئے ہیں چکورا
مادھو تم تور ہو تو ہم نہیں تورہیں
تم سوں تور کون سوں جورہیں

کافی دیر تک کیرتن چلتا رہا۔ ننھوں لوٹی تو اس کے جی میں رَیداس کے گیت کی

سطریں بار بار گونجتی رہیں۔ 'جو تم تو رہو تو ہم نہیں تو رہیں ...' وہ دھیرے دھیرے گنگناتی رہی تھی۔ دالان کا دروازہ رام سو بھگ نے بند کر رکھا تھا۔ سانکل کھٹکھٹائی تو اس نے آ کر دروازہ کھولا۔

'اتنی رات تو اس طرح تمھارا گلی گلی گھومنا ٹھیک نہیں ہے بھوجی ...' جانے کہاں کی ہمت آ گئی تھی اُسے۔ رام سو بھگ دروازہ بند کرتے ہوئے بولا۔

'ہُوں!' ننّھوں نے اور کچھ نہ کہا۔

'میں تمھیں سے کہہ رہا ہوں ...'

ننّھوں ایک جھٹکے کے ساتھ گھومی۔ رام سو بھگ کے چہرے پر اس کی آنکھیں اس طرح ٹکی تھیں جیسے چھید کر اندر گھُس جائیں گی، 'اتنی قلق ہوتی ہے تو پہلے ہی بیاہ کر لیا ہوتا۔ اس طرح ڈانٹ رہے ہو لالہ، جیسے میں تمھاری جورُو ہوں۔ خبردار، پھر کبھی آنکھ دکھائی تو ...' رام سو بھگ ماتھا پکڑ کر بیٹھ گیا۔ غصّے اور پشیمانی سے اس کا سارا بدن جل رہا تھا، لیکن منہ سے ایک لفظ بھی نہ نکلا۔ اس نے چادر کھینچ کر منہ ڈھانپ لیا اور اندر ہی اندر جلتا، اُبلتا رہا۔

اور تب سے پانچ برس بیت گئے۔ آج پہلی بار رام سو بھگ کا خط آیا ہے کہ وہ کلکتے سے گاؤں آ رہا ہے۔ یہ پانچ برس جانے ننّھوں نے کیسے بتائے ہیں۔ رام سو بھگ اسی رات کو لاپتہ ہو گیا۔ روتے روتے ننّھوں کی آنکھیں سوج گئیں۔ میرا کوئی نہ ہوگا، میں اکیلی رہنے کے لیے ہی پیدا ہوئی ہوں۔ وہ اپنے کو دھتکارتی، کلپتی۔ کبھی دل پوچھتا ـــــ لیکن اس میں میری کیا غلطی تھی، میں تو گاڑی دیکھنے بھر چلی گئی تھی، کون نہیں گئی تھی وہاں، میں نے کیا کر دیا تھا ایسا۔ ہاں، غلطی ضرور تھی۔ میں بیوہ ہوں، جلسے تماشے میرے لیے نہیں ہیں۔

'بُوا نہیں ہیں کیا؟' دوسرے دن شام کو کماری نے پوچھا تھا، 'دیکھو دُلہن، میری بات مانو۔ سو بھگ سے بیاہ کر لو، تمھاری جات میں یہ منا بھی نہیں ہے، کب تک ایسے رہوگی ...'

'چپ رہ ...' ننّھوں نے اسے ڈانٹ دیا تھا۔ دوسرے ہی لمحے وہ شرم سے گڑ گئی تھی۔ جانے کیوں لوگ دل کے چھپے راز کو بھانپ لیتے ہیں۔ جسے جتنا چھپاؤ،

اُسے اسی ہی جلدی لوگ کھینچ کر سامنے کر دیتے ہیں۔

'چُپ تو رہوں گی دُلہن، پر پچھتاؤ گی، ایسا دولہا ہاتھ نہ آئے گا۔ وہ زندگی بھر تمھارے لیے کنوارا نہیں بیٹھا رہے گا، ایسا موقعہ ہمیشہ نہیں آتا... تمھارے بابو جی نے تو اسی کو دیکھا تھا، مسری لال سے بیاہ تو دھوکے سے ہوا...'

'میں کہتی ہوں چپ کر...' ننھوں کی آنکھیں ڈبڈبا آئیں ـــــ' میری جنگانی میں دھوکہ ہی لکھا ہے، تو اُسے کون میٹ سکتا ہے؟'

کماری سکپکا کر چُپ ہوگئی۔ آنسوؤں کی دھار سنبھالنا اس کے بس کے باہر تھا۔ وہ چپ چاپ دروازہ بھیڑ کر چلی گئی۔

'ننھوں چاچی، ننھوں چاچی...' دُکان سے کوئی لڑکا چیخ رہا تھا، ننھوں ماچی پر سے اٹھی اور دُکان کی طرف لپک کر چلی۔

'کیا ہے رے ـــ کیوں چیخ رہا ہے ایسے؟'

'یہ دیکھو، کسنا بیر لے کر بھاگ رہا ہے...' جنتو نے ہکلاتے ہوئے کہا۔ وہ للچائی آنکھوں سے لال لال بیروں سے بھری ٹوکری کو دیکھ رہا تھا۔

'اچھا، بھاگ رہا ہے تو بھاگنے دے، تو بھی لے اور بھاگ یہاں سے، ہلّا مت مچاؤ یہاں...' لڑکے جیبوں میں بیر بھر کر کھِل کھِلاتے ہوئے باہر چلے گئے۔ ننھوں نے دروازہ بند کر لیا اور رسوئی میں چلی گئی۔

کلکتے کی گاڑی شام سات بجے کے قریب آتی تھی۔ ننھوں آنگن میں چارپائی ڈالے لیٹی تھی۔ جھیلنگی چارپائی تھی، مونج کی۔ پیروں میں ریشے کی چبھن عجیب لگتی۔ ہوا پہلے جیسی سرد نہ تھی۔ ہلکی گرمی گلابی رنگ کی طرح ہر جھکورے میں سمائی ہوئی تھی۔ ننھوں کے کھلے ہوئے کالے بال سرہانے کی پائی سے زمین تک لٹکے ہوتے تھے۔ وہ چپ چاپ نیلے آسمان کے تاروں کو دیکھ رہی تھی۔ آنگن کی مشرقی دیوار کی آڑ سے شاید چاند نکل رہا ہوگا، کیوں کہ اُجلی اُجلی ڈھیر سی روشنی منڈیر کی چھاجن پر مٹی کی پٹریوں سے ٹکرا کر چمک رہی تھی۔

سائکل بجی۔

'بھوجی!'

سوبھگ پانچ سال کے بعد لوٹا تھا۔

ننّھوں نے دروازہ کھولا۔ سوبھگ تھا سامنے۔ اندھیرے میں وہ اسے دیکھتی رہی۔

'آجاؤ...' پنکھڑیوں کے چٹخنے جیسی آواز سناٹے میں ابھر کر کھو گئی۔ دونوں بالکل خاموش تھے۔ رام سوبھگ آنگن کی چارپائی پر آکر بیٹھ گیا۔ ایک عجیب سنّاٹا دونوں کو گھیر کر بیٹھ گیا تھا۔

کھا پی کر رام سوبھگ جب سونے کے لیے اپنی چارپائی پر گیا، تو ماچی کھینچ کر ننّھوں اس کے پاس ہی بیٹھ گئی۔

'کیوں بابو، بہت دنوں کے بعد سُدھ لی...' ننّھوں نے ہی بات شروع کی —— 'بہت دُبلے ہو گئے ہو، بیمار تو نہیں تھے؟'

'نہیں تو،' رام سوبھگ بولا —— 'پانچ سال تک تو بھلانے کی کوشش کرتا رہا بھوجی، لیکن بھولتا نہیں۔ میں نے کئی بار سوچا کہ چل کر تم سے معافی مانگ لوں، لیکن ہمت نہ ہوئی۔ اب کی میں نے طے کیا کہ جو کہنا ہے کہہ ہی جاؤں۔ میں نے انجانے میں غلطی کر دی بھوجی۔ میں نہیں جانتا تھا کہ میری ذرا سی غلطی اتنا پھل دے گی۔ میں نے جو کچھ کیا مسری بھیّا کی خوشی کے لیے ہی۔ لیکن قصور تو ہے ہی، چاہے وہ جیسے بھی من سے ہو...' رام سوبھگ نے زمین پر دیکھتے ہوئے کہا —— 'میرے قصور کو تم ہی معاف کر سکتی ہو...'

'قصور کیسا لالہ، تم جسے قصور کہتے ہو وہ میرے بھاگیہ کا پھل تھا۔ تم سمجھتے ہو کہ بابوجی کو کچھ نہیں معلوم تھا۔ معلوم تو انھیں تبھی ہو گیا جب ڈولا بھیجنے کی بات ہوئی۔ بگڑنے والی بات کو سبھی پہلے سے جان لیتے ہیں بابو، جن کے پاس طاقت ہے اسے نہیں ہونے دیتے، جو کمزور ہیں اسے دھوکہ کہہ کر چھپاتے ہیں... بابو کو سب معلوم ہو گیا تھا، لیکن اچھے گھر کے لیے جو چاہیے وہ بابو کہاں سے لاتے۔ اس میں تم تو ایک بہانہ بن گئے، تمھارا کیا قصور ہے اس میں...' ننّھوں نے آنچل سے آنکھ پونچھ لی۔ رام سوبھگ بیوقوفوں کی طرح آنکھیں پھاڑ کر اندھیرے میں ننّھوں کو دیکھتا رہا۔

'اچھا بابو، تھکے ہو، سویرے پھر باتیں کر لوں گی...' ننّھوں اٹھ کر اپنے گھر میں چلی گئی۔

رام سو بھگ تین دن تک رہا۔ تین دنوں میں شاید ہی وہ ایک بار گاؤں میں گھومنے گیا۔ دن رات ننّھوں سے باتیں کرنا ہی اس کا کام تھا —— دنیا بھر کی باتیں، کلکتے کی، باپ کی، ماں کی، بھائیوں اور بھوجائیوں کی۔ ننّھوں رام سو بھگ کو ایک دم بدلی ہوئی لگتی۔ اس کی آنکھوں میں اب پہلے جیسی تیکھی چمک نہیں تھی، اس کی جگہ پر ممتا اور محبت کا جذبہ تھا۔ اب وہ ایک ٹک شنسان کونے کو نہیں دیکھتی تھی، لیکن پلکوں میں نمی اب بھی پہلے جیسی ہی تھی۔ ننّھوں کو اس نئے روپ میں دیکھ کر سو بھگ کا دل نئی امیدوں سے بھرنے لگا۔ تو کیا یہ سب ہو جائے گا —— کیا قسمت کی لکیریں پھر صحیح ہو جائیں گی؟ لیکن ننّھوں سے کچھ کہہ پانا اس کے لیے ہمیشہ مشکل رہا ہے۔ وہ آج بھی پچھلے دو واقعات کو بھولا نہیں تھا، لیکن ننّھوں بھی تو ایسی پہلے نہ تھی۔

آج ننّھوں کو پھر پرانی باتیں یاد آ رہی ہیں۔ رُیدا اس کے گیت کی وہ سطریں نہ جانے پھر کیوں بار بار یاد آنے لگی ہیں۔

'جو تم تو رہو تو ہم ناہیں تو رہیں، تم سوں تو رکون سوں جو رہیں؟'

وہ خوش ہے، لیکن رام سو بھگ کو چین نہیں۔ شاید چلنے کی بات کروں تو وہ کچھ کھل کے کہے گی۔ اس امید سے اس دن صبح ہی سو بھگ نے کہا —— 'بھوجی، اب میں گاؤں جاؤں گا، آج رات والی گاڑی سے۔'

'کیوں بابو، من نہیں لگ رہا ہے؟'

'مَن تو لگ رہا ہے ... لیکن ...'

'اچھا ٹھیک ہے!'

رام سو بھگ اس جواب سے کچھ سمجھ نہ سکا۔ وہ من مارے اپنے کمرے میں بیٹھا رہا۔ شاید چلتے وقت کچھ کہے، شاید پھر لوٹ آنے کے لیے اصرار کرے۔

شام کو اپنا سامان باندھ کر جب سو بھگ تیار ہوا، تو ننّھوں اپنے گھر میں سے نکل آئی۔

'تیاری ہو گئی لالہ؟'

'ہاں!'

ننّھوں نے آنچل سے ہاتھ نکالا اور رام سو بھگ کی طرف ہاتھ بڑھا کر کہا —— 'یہ

تمھارا رومال ہے لالہ!'

رام سو بھگ کاٹھ کی طرح بے حس ہوگیا ـــــ 'لیکن اسے تو میں نے 'منہ دکھائی' میں دے دیا تھا بھابھی!'

'بابو نے تمھارا منہ دیکھ کر مجھے اَندیکھا سہاگ سونپا تھا، تمھاری ماں نے اسی کے امر رہنے کے لیے روپے دیے تھے آشیرواد ہیں۔ بڑوں نے جو دیا اُسے میں نے ماتھے پر لے لیا۔ میں کمزور تھی بابو، بھاگیہ سے ہار گئی۔ لیکن آج تو میں اپنے پیروں پر کھڑی ہوں، آج مجھے تم ہارنے مت دو۔ تمھارا رومال میرے پاؤں باندھ دیتا ہے لالہ، اسی سے لوٹا رہی ہوں، بُرا نہ ماننا...!'

رام سو بھگ نے دھیرے سے رومال لے لیا۔ نتھوں اس کا جانا بھی دیکھ نہ سکی آنکھیں جل میں تیر رہی تھیں۔ دیئے کی لو جٹاماسی کے پھول کی طرح کئی پھانکوں میں بنٹ گئی۔ نتھوں نے کواڑ تو بند کر لیا، لیکن سانکل نہ چڑھا سکی۔

کرشنا سوبتی

بادلوں کے گھیرے

بھوالی کی اس چھوٹی سی کاٹیج میں لیٹا لیٹا میں سامنے کے پہاڑ کو دیکھتا ہوں ۔ پانی بھرے، سوکھے سوکھے بادلوں کے گھیرے دیکھتا ہوں، بغیر آنکھوں کے جھٹک جھٹک جاتی دھند کی ناکام کوشش دیکھتا ہوں اور پھر لیٹے لیٹے اپنے تن کا زوال دیکھتا ہوں۔ سامنے پہاڑ کے روکھے ہریالے میں رام گڑھ جاتی ہوئی پگڈنڈی میری بانہہ پر ابھری لمبی نس کی طرح چمکتی ہے۔ پہاڑی ہوائیں میری اُکھڑی اُکھڑی سانس کی طرح کبھی تیز، کبھی ہولے، اس کھڑکی سے ٹکراتی ہیں، پلنگ پر بچھی چادر اور اوپر پڑے کمبل سے لپٹا میرا جسم چونے کی سی کچی تہہ کی طرح گھل گھل جاتا ہے اور برسوں کے تانے بانے سے بُنے میری روح کی دھڑکنیں ہر لمحے بند ہو جانے کے ڈر سے چونک جاتی ہیں۔

میں لیٹا رہتا ہوں اور صبح ہو جاتی ہے۔ میں لیٹا رہتا ہوں شام ہو جاتی ہے۔ میں لیٹا رہتا ہوں رات جھک جاتی ہے۔ دروازے اور کھڑکیوں پر پڑے پردے میری ہی طرح شب و روز، صبح و شام، تنہا خاموشی سے لٹکتے رہتے ہیں۔ کوئی انھیں بھرے بھرے ہاتھوں سے اٹھا کر کمرے کی طرف بڑھا نہیں آتا۔ کوئی اس دہلیز پر بے مقصد مسکرا کر کھڑا نہیں ہو جاتا۔ رات، صبح، شام باری باری سے میرے بستر کے پاس گھر گھر آتے ہیں اور میں اپنی ان پھیکی آنکھوں سے اندھیرے اور اجالے کو نہیں،

لو ہے کے پلنگ پر پڑے اپنے آپ کو دیکھتا ہوں، اپنے اس چھوٹتے چھوٹتے تن کو دیکھتا ہوں۔ اور دیکھ کر رہ جاتا ہوں۔ آج اس طرح جانے کے سوا کچھ بھی میرے بس میں نہیں رہ گیا۔ سب الگ جا پڑا ہے۔ اپنے کندھوں سے جڑے اپنی بانہوں کو دیکھتا ہوں، میری بانہوں میں لگی وہ بھری بھری باہیں کہاں ہیں ... کہاں ہیں وہ خوشبو بھرے بال، جو میرے سینے پر بچھ بچھ جاتے تھے؟ کہاں ہیں وہ رسیلے ہونٹ جو میرے رس میں بھیگ جاتے تھے؟ سب تھا، میرے پاس سب تھا۔ بس، میں آج سا نہیں تھا۔ جینے کا ساتھ تھا، سونے کا ساتھ تھا اور اٹھنے کا ساتھ تھا۔ میں ڈھلے ڈھلے سرہانے پر سر ڈال کر سوتا رہتا اور کوئی ہولے سے چمک کر کہتا —— اٹھو گے نہیں ... بھور ہو گئی۔

آنکھیں بند کیے کیے ہی ہاتھ اس موہ بھرے جسم کو گھیر لیتے اور رات کے گزرے لمحوں کو سونگھنے کے لیے اپنی طرف جھکا کر کہتے —— اتنی جلدی کیوں اٹھتی ہو...

ہلکی سی ہنسی اور بانہیں کھل جاتیں۔ آنکھیں کھل جاتیں اور گرہستی پر صبح ہو آتی۔ پھولوں کی مہک میں ناشتہ لگتا۔ ڈھلے تازے کپڑوں میں لپٹ کر گرہستی کی مالکن ادھ کا بھرے صبر سے سامنے بیٹھے رات کے سپنے کو ساکار کر دیتی۔ پیالے میں دودھ انڈیلتی۔ اُن انگلیوں کو دیکھتا۔ کیا میرے بالوں کو سہلا سہلا کر کنپکپا دینے والا لمس انھیں کی گرفت میں ہے؟ آنچل کو تھامے آگے کی طرف اٹھا ہوا کپڑا جیسے دونوں طرف کی مٹھاس کو سنبھالنے کو تیار رہتا۔ پل بھر کو لگتا، کیا گہرائی میں جو میرا اپنا ہے، یہ اس کے اوپر کا نقاب ہے یا جو صرف میرا ہے، وہ اس سے پرے، اس سے نیچے کہیں اور ہے۔ ایک شکست لیکن رواں دواں چاہ مسحور کر جاتی۔ رات میں ہوتا، مجھ سے لگا ایک اور جسم ہوتا۔ اس میں مٹھاس ہوتی، جو رات میں لہرا لہرا جاتا۔

اور ایک رات بھوال کی اس عمیق تاریکی میں آتی ہے۔ کمبل کے نیچے پڑا پڑا میں دوا کی شیشیاں دیکھتا ہوں اور ان پر لکھے اشتہار دیکھتا ہوں۔ گھونٹ بھر کر اب انھیں پیتا ہوں، تو سوچتا ہوں، تن کا رس خارج ہو جانے پر ہڈی، گوشت سب سخت ہو جاتے ہیں، مٹی نہیں کہتا ہوں، کیوں کہ مٹی ہو جانے سے تو مٹی سے پھر رس ابھرتا ہے، ابھی تو مجھے مٹی ہونا ہے۔

کیسے سہانے دن تھے۔ تن مَن کو سہلاتے بہلاتے اس ایک رات کو میں آج کے اس خلا میں ٹٹولتا ہوں۔ سردیوں کی تنہا خاموشی میں اچانک کسی کا حکم پا کر میں کمرے کی طرف بڑھتا ہوں۔ بلب کی نیلی روشنی میں دو ادھ کھلی تھکی تھکی پلکیں ذرا ذرا سی اٹھتی ہیں اور بانہہ کے گھیرے تلے سوئے بچّے کو دیکھ کر میرے چہرے پر ٹھہر جاتی ہیں۔ جیسے کہتی ہوں —— تمھارے حصار کو تمھارا ہی جسم دے کر زندہ کر دیا ہے۔ میں اٹھتا ہوں، سرد ماتھے کو ہونٹوں سے چھوکر یہ سوچتے سوچتے اٹھتا ہوں کہ جو پیار تن میں جگتا ہے، تن سے اپجتا ہے، وہی جسم پاکر دنیا میں جی بھی آتا ہے۔

لیکن کہیں ایک دوسرا پیار بھی ہوتا ہے جو پہاڑ کے سوکھے بادلوں کی طرح اُٹھ اُٹھ آتا ہے اور بنا برسے ہی بھٹک کر رہ جاتا ہے۔ برسوں بیتے۔ ایک بار گرمی میں پہاڑ گیا تھا۔ بُوا کے یہاں پہلی بار اُن آنکھوں سی آنکھوں کو دیکھا تھا۔ چھپاتی صبح تھی۔ ناشتے کی میز سے اٹھا، تو تعارف کرواتے کرواتے نہ جانے کیوں بوا کی آواز ذرا لڑکھڑا گئی تھی ... سانس لے کر کہا، 'منّی سے ملو، روی، دو ہی دن یہاں رُکے گی۔' بُوا کے منہ سے یہ پھیکا تعارف اچھا نہیں لگا۔ وہ کچھ بولی نہیں، سر ہلاکر آداب کا جواب دیا اور ذرا سی ہنس دی۔ اس دور دور تک لگنے والے چہرے سے میں اپنے کو لوٹا نہیں سکا۔ اس پتلے لیکن بھرے بھرے چہرے پر کس کر باندھے گھنگھرالے بالوں کو دیکھ کر جی میں کچھ ایسا سا ہو آیا کہ کسی کے گہرے اُلاہنے کی سزا اپنے کو دے ڈالی گئی ہے۔

سب اُٹھ کر باہر آئے تو بُوا کے بچّے اس دُبلے جسم پر پڑے آنچل کو کھینچ محبت بھری ان بانہوں سے لپٹ لپٹ گئے، 'منّو جیجی، منّو جیجی ...' بُوا کسی کام سے اندر جارہی تھی، کھِل کھِلاہٹ سن کر لوٹ پڑی۔ بُوا کا وہ سخت، بندھا اور تناؤ کو چھپانے والا چہرہ میں آج بھی بھولا نہیں ہوں۔ سخت ہاتھوں سے بچّوں کو چھڑاتی سرد نگاہ سے منّو کو دیکھتی ہوئی ڈھیلی آواز میں بولی، 'جاؤ منّو، کہیں گھوم آؤ۔ تمھیں الجھا الجھاکر تو یہ بچّے تنگ کر ڈالیں گے۔' ماں کی گھُڑکی آنکھوں ہی آنکھوں میں سمجھ کر بچّے ایک طرف ہو گئے۔ بُوا کے خالی ہاتھ جیسے جھینپ کر نیچے لٹک گئے اور

منو کی بڑی بڑی آنکھوں کی ننھی پلکیں نہ اُٹھیں، نہ گریں، بس ایک ٹک بوا کی طرف دیکھتی گئیں...

بُوا اس شرمندگی سے نکلیں، تو منو دھیمی رفتار سے دروازے سے باہر ہو گئی تھی۔ کچھ سمجھ لینے کے لیے اصرار سے بُوا سے پوچھا، 'کہو تو بُوا، بات کیا ہے؟'

بُوا جھجکی، پھر جھجک کر بولی، 'بیمار ہے، روی، دو برس سینی ٹوریم میں رہنے کے بعد اب سیٹھ جی نے وہیں کاٹیج لے دی ہے۔ ساتھ گھر کا پُرانا نوکر رہتا ہے۔ کبھی اکیلے جی اوب جاتا ہے، تو چار دن کو شہر چلی جاتی ہے۔'

'نہیں، نہیں بوا!' میں دھکّا کھا کر جیسے یقین نہیں کرنا چاہتا۔

'روی، جب کبھی چار چھ مہینے بعد لڑکی کو دیکھتی ہوں، تو بھوک پیاس سب سوکھ جاتی ہے۔'

میں بُوا کی اس سچائی کو کرید لینے کو کہتا ہوں: 'بوا، بچوں کو ایک دم الگ کرنا ٹھیک نہیں ہوا، پل بھر تو رُک جاتی۔'

بوا نے بہت کڑی نگاہ سے دیکھا، جیسے کہنا چاہتی ہو —— تم یہ سب نہیں سمجھوگے اور اندر چلی گئی۔ بچے اپنے کھیل میں جُٹ گئے تھے۔ میں کھڑا کھڑا بار بار سگریٹ کے دھوئیں سے اپنے تن کا خوف اور من کا تجسس اڑاتا رہا۔ الجھا الجھا سا میں باہر نکلا اور اترائی اتر کر جھیل کے کنارے کنارے ہو گیا۔ سڑک کے ساتھ ساتھ اس طرف سایہ تھا۔ اُچھل اُچھل آتی پانی کی لہریں کبھی دھوپ سے رو پہلی ہو جاتی تھیں۔ دیوی کے مندر کے آگے پہنچا، تو رکا، جنگلے پر ہاتھ ٹکائے جھیل میں نوکاؤں کی دوڑ کو دیکھتا رہا۔ مضبوط ہاتھوں میں چپّو تھامے کچھ نوجوان تیز رفتار سے تلّی تال کی طرف جا رہے ہیں، پیچھے کی کشتی میں اپنے تن من سے بے خبر ایک بزرگ بیٹھے اونگھ رہے ہیں۔ اس کے پیچھے بوٹ کلب کی کشتی میں غیر ملکی دوشیزائیں... پھر اور دو چار پال والی کشتیاں...

اچانک کشتی میں نہیں، جیسے پانی کی نچلی سطح پر وہی زرد چہرہ دیکھتا ہوں، وہی بڑی بڑی آنکھیں، وہی دُبلی پتلی باہیں، وہی بُوا کے گھر والی منّو۔ دو چار بار من ہی من نام دُہراتا ہوں، منّو، منّو، منّو... میں اونچے کنارے پر کھڑا ہوں اور پانی

کے ساتھ ساتھ منو بھی چلی جا رہی ہے۔ کھینچے گھنگھرالے بال، بغیر جھپکی پلکیں ... لیکن بوا کہتی تھی بیمار ہے، منو بیمار ہے۔

جنگلے پر سے ہاتھ اٹھا کر بوا کے گھر کی طرف دیکھتا ہوں۔ چینا کی چوٹی اپنی پہاڑی تکبر سے سر اٹھائے سدا کی طرح سیدھی کھڑی ہے۔ ایک ڈھلتی سی پتھریلی ڈھلان کو اس نے جیسے ہاتھ سے تھام رکھا ہے اور میں نیچے اس سڑک پر کھڑے کھڑے سوچتا ہوں کہ سب کچھ روز جیسا ہے، صرف من سے ابھر ابھر آتی وہ دو آنکھیں نئی ہیں اور ان دو آنکھوں کے پیچھے کی وہی بیماری ... جسے کوئی چھو نہیں سکتا، کوئی اُبار نہیں سکتا۔

گھر پہنچا تو بُوا بچوں کو لے کر کہیں باہر چلی گئی تھی۔ کچھ دیر ڈرائنگ روم میں بیٹھا بیٹھا بوا کے سگھڑ ہاتھوں کے ذریعے کی گئی سجاوٹ دیکھتا رہا۔ قیمتی گلدانوں میں لگائی گئی پہاڑی جھاڑیاں خوب صورت لگتی تھیں۔ کیبنٹ پر بڑے فریم میں لگے سارے خاندان کی تصویر کے آگے کھڑا ہوا، تو بُوا کے ساتھ کھڑے پھوپھا کی طرف دیکھ کر سوچتا رہا کہ بُوا کے لیے اس چہرے پر کون سی خوبصورتی ہے، جس سے بندھی بندھی وہ دن رات، ماہ و سال اپنے کو نباہتی چلی آتی ہے۔ لیکن نہیں، بوا ہی کے گھر میں ہو کر یہ سوچنا ذہنی فتور ہے۔

جھجک کر ڈرائنگ روم سے نکلتا ہوں اور اپنے کمرے کی سیڑھیاں چڑھ جاتا ہوں۔ سگریٹ جلا کر جھیل کے دکنی کنارے پر کھلتی کھڑکی کے باہر دیکھنے لگتا ہوں۔ ہرے پہاڑوں کے چھوٹے بڑے سائز میں ٹین کی لال لال چھتیں اور بیچ بیچ میں مٹیالی پگڈنڈیاں۔ بُوا کھانے تک لوٹ آئیں گی اور منو بھی تو ... دیر تک ٹن ٹن سے ساتھ نوکر نے کھانے کے لیے اصرار کیا۔

'کھانا لگے گا صاحب؟'

'بُوا کب تک لوٹیں گی؟'

'کھانے کو تو منع کر گئی ہیں۔'

جملے کے اسرار کو میں ان بے مقصد سی آنکھوں کے پڑھ جانے کی کوشش میں رہتا ہوں ___ 'اور جو مہمان ہیں؟'

نوکر تیزی سے جھک کر، 'آپ کے ساتھ نہیں صاحب۔ وہ الگ سے اوپر کھائیں گی۔'

میں ایک لمبی سانس بھر کر جلے سگریٹ کے ٹکڑے کو پیر کے نیچے کچل دیتا ہوں۔ شاید ساتھ کھانے کے ڈر سے چھٹکارہ پانے پر یا شاید ساتھ نہ کھا پانے کی مجبوری پر۔ اس دن کھانے کی میز پر اکیلے کھانا کھاتے کھاتے کیا سوچ رہا تھا، آج تو یاد نہیں بس اتنا یاد ہے، کانٹے چھری سے الجھتا بار بار میں باہر کی طرف دیکھتا تھا۔

میٹھا لقمہ منہ میں لیتے ہی گھوڑے کی ٹاپ سنائی دی، ٹھٹھک کر سُنا،

'سلام صاحب!'

دھیمی مگر سیدھی آواز، 'دو گھنٹے تک پہنچ سکو گے نا؟'

'جی، ہجور!'

سیڑھیوں پر آہٹ ہوئی اور اپنے کمرے تک پہنچ کر ختم ہوگئی۔ کھانے کے برتن اٹھ گئے۔ میں اٹھا نہیں۔ دوبارہ کافی پی لینے کے بعد بھی وہیں بیٹھا رہا۔ اچانک جی میں آیا کہ کسی چھوٹے سے تعارف سے من میں اتنی دبدا پیدا کر لینا چھوٹی کمزوری نہیں ہے۔ آخر کسی سے مل ہی لیا ہوں تو اس کے لیے ایسا سا کیوں ہوا جا رہا ہوں۔

گھنٹے بھر بعد میں کسی کے پیروں چلی سیڑھیوں پر اوپر چڑھا جا رہا تھا۔ کھلے دروازے پر پردہ پڑا تھا۔ ہولے سے دستک دی۔

'چلے آئیے!'

پردہ اٹھا کر دہلیز پر پاؤں رکھا۔ ہاتھ میں کشمیری شال لیے منّو اٹیچی کے پاس کھڑی تھی۔ دیکھ کر چونکی نہیں۔ سپاٹ لہجے میں کہا، 'آئیے!' اور صوفے پر پھیلے کپڑے اٹھا کر کہا، 'بیٹھیے۔'

بیٹھتے بیٹھتے سوچا، بُوا کے پورے گھر میں سب سے زیادہ صاف اور سجا کمرہ یہی ہے۔ نیا نیا فرنیچر، قیمتی پردے اور ان سب میں ہلکے زرد کپڑوں میں لپٹی منّو۔ اچھا لگا۔

بات کرنے کو کچھ بھی نہ پا کر بولا، 'آپ لنچ تو...'

'جی۔ لے چکی ہوں۔' اور بھرپور نگاہوں سے میری طرف دیکھتی رہی۔

میں جیسے کچھ کہلوا لینے کو کہتا ہوں، 'بُوا تو کہیں باہر گئی ہیں۔'

سر ہلا کر منّو شال کی تہہ لگاتی ہے اور سوٹ کیس میں رکھتے رکھتے کہتی ہے، 'شام سے پہلے ہی نیچے اُتر جاؤں گی۔ بُوا سے کہیئے گا، ایک دن کو آئی تھی۔'

'بُوا تو آتی ہی ہوں گی۔'

اس کا جواب نہ الفاظ میں آیا نہ چہرے پر۔ کہتے کہتے ایک بار رُکا، پھر نہ جانے کیسے اصرار کیا، 'ایک دن اور نہیں رُک سکیں گی؟'

وہ کچھ بولی نہیں۔ بند کرتے سوٹ پر جھکی رہی۔

پھر پل بھر بعد جیسے محبت بھرے ہاتھوں سے اپنے بالوں کو چھُوا اور ہنس کر کہا، 'کیا کروں گی یہاں رہ کر؟ بھوالی کے اتنے بڑے گاؤں کے بعد یہ چھوٹا سا شہر دل کو بھاتا نہیں۔'

وہ چھوٹی سی کھِل کھِلاہٹ، وہ تلخی سے پُر طنز، آج اتنے برسوں بعد بھی، میں ویسے ہی بالکل ویسے ہی سُن پاتا ہوں۔ وہی الفاظ ہیں، وہی ہنسی ہے اور وہی زرد سی صورت۔...

ہم ساتھ ساتھ نیچے اترے تھے۔ میری باہنہ پر منّو کا کوٹ تھا۔ نوکر اور مالی نے جھک کر سلام کیا اور مہمان سے انعام پایا۔ سائیس نے گھوڑے کو تھپتھپایا۔

'بجور، چڑھیں گی؟'

اڑی اڑی نظر ان آنکھوں کی باہنہ پر لٹکے کوٹ پر ٹکی۔

'پیدل جاؤں گی۔ تھوڑا آگے آگے لیے چلو۔'

چاہا کہ گھوڑے پر چڑھ جانے کے لیے اصرار کروں۔ لیکن کہہ نہیں سکا۔ پھاٹک سے باہر ہوتے ہوتے وہ پل بھر کو پیچھے مڑی، جیسے چھوڑنے کے پہلے گھر کو دیکھتی ہو۔ پھر اچانک اپنے کو سنبھال کر نیچے اتر گئی۔ راہ میں کوئی بھی کچھ بولا نہیں۔

ٹیکسی کھڑی تھی، سامان لدا۔ ڈرائیور نے ان مشکل لمحوں کو جیسے بھانپ کر کہا، 'کچھ دیر ہے صاحب؟'

منّو نے اس بار کہیں دیکھا نہیں۔ کوٹ لینے کے لیے میری طرف ہاتھ بڑھایا۔ وہ کار میں بیٹھی۔ قلی نے تیزی سے پیچھے سے کمبل نکالا اور گھٹنوں پر ڈالتے

ہوئے کہا، 'کچھ اور میم صاحب؟'

گھنگھرالی چھاؤں ڈھیلی سی ہو کر سیٹ کے ساتھ جا ٹکی۔ گھٹنوں پر پتلی پتلی سی بے بس باہیں پھیلاتے ہوئے کہا، 'نہیں، نہیں، کچھ اور نہیں، شکریہ۔'

ادھ کھلے شیشے میں اندر دیکھا۔ چہرے پر تھکان کے آثار تھے۔ باہوں میں مچھلیوں کے منہ والے کنگن تھے۔ آنکھوں میں کیا تھا، یہ میں پڑھ نہیں پایا۔ وہ زرد، مغموم نگاہیں ان ہاتھوں پر جمی تھیں، جو کمبل پر ایک دوسرے سے لگے خاموش پڑے تھے۔

کار سٹارٹ ہوئی۔ میں پیچھے ہٹا اور کار چل دی۔ رخصت کے لیے نہ ہاتھ اٹھے نہ ہونٹ ہلے۔ موڑ تک پہنچنے تک پیچھے کے شیشے سے سادگی سے بندھا بالوں کا ربن دیکھتا رہا اور دیر تک اس دردناک شکریے کی گونج سنتا رہا—— نہیں، نہیں، کچھ اور نہیں۔

وہ لمحے اپنے تصور میں آج بھی لاتا ہوں، تو جی کو کچھ ہونے لگتا ہے۔ اس کار کو بھگا لے جانے والی سوکھی سڑک سے گھوم کر میں تال کے کنارے کنارے چلا جا رہا ہوں۔ اپنے کو سمجھانے بجھانے پر بھی وہ چہرہ، وہ بیماری من پر سے نہیں اترتی۔ رُک رُک کر، تھک تھک کر، جیسے میں اس دن گھر کی چڑھائی چڑھا تھا، اُسے یاد کر آج بھی نڈھال ہو جاتا ہوں۔ گھر پہنچا۔ برآمدے میں سے قلی فرنیچر نکال رہے تھے۔ من دھکا کھا کر رہ گیا، تو اُس منّو کے کمرے کی سجاوٹ، شکھ سہولت سب کرائے پر بُوا نے جٹائے تھے۔ دوپہر میں بوا کے لیے جو کچھ جتنا بھی اچھا لگا تھا، وہ سب الٹا ہو گیا۔

آگے بڑھا تو دروازے پر بُوا کھڑی تھی۔ شبہ سے مجھے دیکھ اور پاس آکر پھیکے گلے سے کہا، 'روی، منہ ہاتھ دھو ڈالو، سامان سب تیار ملے گا وہاں، جلدی لوٹو گے نا، چائے لگنے کو ہی ہے۔'

چپ چاپ باتھ روم میں پہنچ گیا۔ سامان سب تھا۔ منہ ہاتھ دھونے سے پہلے گلاس میں ڈھانپ کر رکھے گرم پانی سے گلا صاف کیا۔ ایسا لگا کسی کی گھٹی گھٹی جکڑ میں سے باہر نکل آیا ہوں۔ کپڑے بدل کر چائے پر جا بیٹھا۔ بچے نہیں، صرف

بُوا تھی۔ بُوا نے چائے انڈیلی اور آگے کر دیا۔

'بُوا!'

بُوا نے جیسے سُنا نہیں۔

'بُوا۔ بُوا!' پل بھر کے لیے اپنے کو ہی کچھ ایسا لگا کہ کسی اور کو پکارنے کے لیے بُوا کو پکار رہا ہوں۔ بُوا نے بے بس ہو کر آنکھیں اوپر اُٹھائیں۔ سمجھ گیا کہ بُوا چاہتی ہیں، کچھ کہوں نہیں، لیکن میں نہیں رُکا۔

'بُوا، دو دن کی مہمان تو ایک ہی دن میں چلی گئی۔'

بُوا چمچ سے اپنی چائے ہلاتی رہی۔ کچھ بولی نہیں۔ اس خاموشی سے اور بھی بے رحم ہو گیا۔

'کہتی تھیں، بُوا سے کہنا میں ایک ہی دن کو آئی تھی۔'

اس کے آگے بُوا جیسے کچھ اور سُن نہ سکی۔ گہرا لمبا سانس لے کر زخمی آنکھوں سے مجھے دیکھا، 'تم کچھ اور نہیں کہو گے، روی' اور چائے کا پیالہ وہیں چھوڑ کر کمرے سے باہر ہو گئیں۔

اس رات دورے سے پھوپھا کے لوٹنے کی بات تھی۔ نوکر سے پوچھا، تو پتہ لگا، دو دن کے بعد آنے کا تار آچکا ہے۔ چاہا، ایک بار بُوا کے کمرے تک ہو آؤں، شرمندگی سے پاؤں اٹھے نہیں۔ دیر بعد سیڑھیوں میں اپنے کو پایا، تو سامنے منّو کا خالی کمرہ تھا۔ آگے بڑھ کر بجلی جلائی، سب خالی تھا، نہ پردے، نہ فرنیچر... نہ منّو... اچانک انگیٹھی میں لگی لکڑیوں کو دیکھ من میں آیا، آج وہ یہاں رہتی، تو رات دیر گئے اس کے پاس یہیں بیٹھتی اور میں شاید اسی طرح جیسے اب یہاں آیا ہوں، اس کے پاس آتا، اس کے...

یہ سب کیا سوچ رہا ہوں، کیوں سوچ رہا ہوں...

کسی اندیکھے خوف سے گھبرا کر نیچے اتر آیا۔ کھڑکی سے باہر دیکھا، اندھیرا تھا۔ سرہانا کھینچا، بجلی بجھائی اور بستر پر پڑے پڑے بھوالی کی وہ چھوٹی سی کاٹیج دیکھتا رہا، جہاں اب تک منّو پہنچ گئی ہوگی۔

'روی!'

میں چونکا نہیں، یہ بُوا کی آواز تھی۔ بُوا اندھیرے میں ہی پاس آ بیٹھی اور روتے ہوئے سر ہلاتی رہی۔

'بوا!'

بُوا کا ہاتھ پل بھر کو تھما۔ پھر کچھ جھک کر میرے ماتھے تک آ گیا۔ روندھی آواز میں کہا، 'روی، تمھیں نہیں اس لڑکی کو دُلارتی ہوں۔ اب یہ ہاتھ اس تک نہیں پہنچتا ...'

میں بُوا کا نہیں، منو کا ہاتھ پکڑ لیتا ہوں۔

بُوا دیر تک کچھ بولی نہیں۔ پھر جیسے کچھ سمجھتے ہوئے اپنے کو سخت کر بولی، 'روی، اس کے لیے کچھ مت سوچو، اسے اب رہنا نہیں ہے۔'

میں بُوا کے لمس سے کانپ کر کہتا ہوں، 'بُوا، مجھے ہی کون رہنا ہے؟'

آج برسوں بعد بھُوالی میں پڑے پڑے متعدد بار سوچتا ہوں کہ اس رات میں اپنے لیے یہ کیوں کہہ گیا تھا؟ کیوں کہہ گیا تھا شاپ کے وہ بول، جو دن رات میرے اس تن من پر سے سچے اترے جا رہے ہیں۔ سُن کر بُوا کو کیسا لگا، نہیں جانتا۔ وہ ہاتھ کھینچ کر اٹھ بیٹھی۔ روشنی کی طرف پوری آنکھوں سے مجھے دیکھ کر عدم اعتماد اور احتجاج سے بولی، 'پاگل ہو گئے ہو، روی! اس کے ساتھ اپنی بات جوڑتے ہو، جس کے لیے اب کوئی راہ نہیں رہ گئی، کوئی اور راہ نہیں رہ گئی۔'

پھر کرسی پر بیٹھتے بیٹھتے کہا، 'روی، تم تو اسے صبح شام ہی دیکھ پاتے ہو۔ میں برسوں سے اُسے دیکھتی آئی ہوں، اور آج پتھر سی بے رحم ہو گئی ہوں۔ اسے اپنا بچہ ہی کر کے مانتی رہی ہوں، یہ نہیں کہوں گی۔ اپنے بچوں کی طرح تو اپنے بچوں کے سوا اور کسے رکھا جا سکتا ہے۔ لیکن جو کچھ جتنا بھی تھا، وہ پیار، وہ دیکھ بھال، سب بیکار ہو گئے ہیں۔ کبھی چھٹی کے دن اس کی بورڈنگ سے آنے کی راہ تکتی تھی، اب اس کے آنے سے پہلے اس کے جانے کا لمحہ مانتی ہوں اور ڈر کر بچوں کے لیے گھر سے باہر نکل جاتی ہوں۔'

بُوا کے الفاظ مشکل ہو گئے۔

'روی، جسے بچپن کی محبت کی وجہ سے ڈرانا نہیں چاہتی تھی، آج اُسی سے

ڈرنے لگی ہوں۔ اس کی بیماری سے ڈرنے لگی ہوں۔' پھر آواز بدل کر کہا، 'تمھارے ایسی سختی مجھ میں نہیں کہ کہوں، ڈرتی نہیں ہوں'، بُوا نے یہ کہہ کر جیسے مجھے ٹٹولا... اور میں بغیر ہلے ڈولے چپ چاپ لیٹا رہا۔

بُوا تذبذب سے مجھے دیر تک دیکھتی رہی۔ پھر جانے کو اٹھی اور رُک گئی۔ اس بار آواز میں اصرار نہیں تنبیہ تھی ــــــ 'روی، کچھ ہاتھ نہیں لگے گا۔ جس کے لیے ساری راہیں رُکی ہوں، اس کے لیے بھٹکو نہیں۔'

لیکن اس دن بُوا کی بات میں سمجھا نہیں، چاہنے پر بھی نہیں۔

اگلی صبح چاہا کہ گھوم گھوم کر دن بتا دوں۔ گھوڑا دوڑاتا لڑیا کوٹا پہنچا اور الٹیں پاؤں لوٹ آیا۔ گھر کی طرف منہ کرتے کرتے نہ جانے کیوں، من کو کچھ ایسا لگا کہ مجھے گھر نہیں، کہیں اور پہنچنا ہے۔ چڑھائی کے موڑ پر کچھ دیر کھڑا کھڑا سوچتا رہا اور جب ڈھلتی دوپہر میں تلّی تال کی اترائی اترا، تو من کے آگے سب صاف تھا۔

مجھے بھوالی جانا تھا۔

بس سے اترا۔ اڈے پر رام گڑھ کے لال سیبوں کے ڈھیر دیکھ کر یہ نہیں لگا کہ یہی بھوالی ہے۔ بس میں سوچتا آیا تھا کہ وہاں گھٹن ہوگی، لیکن چیڑ کے اونچے اونچے پیڑوں سے لہراتی ہوائیں بہہ بہہ آتی تھیں۔ سایہ اوپر اُٹھتا ہے، دھوپ نیچے اترتی ہے اور بھوالی من کو اچھی لگتی ہے، تن کو اچھی لگتی ہے۔ چوراہے سے ہو کر پوسٹ آفس پہنچا۔ کاٹج کا پتہ لیا اور چھوٹے سے پہاڑی بازار میں، ہوتا ہوا 'پائنس' کی طرف ہو لیا۔ کھلی چوڑی سڑک کے موڑ سے اچھی سی پتلی راہ کاٹج کی طرف جاتی تھی۔ جنگل کے نیچے دیکھا، الگ الگ کھڑے پہاڑوں کے بیچ کی جگہ پر ایک کھلی چوڑی گھاٹی بچھی تھی۔ ترچھے سیدھے، چھوٹے چھوٹے کھیت کسی کے گھٹنے پر رکھے کشیدے کے کپڑوں کی طرح دھرتی پر پھیلے تھے۔ دور سامنے جنوب کی طرف ہانی کا تال دھوپ میں چاندی کے تھال کی طرح چمکتا تھا۔

اس پہلی بار بھوالی آنے کے بعد میں ایک بار نہیں، کئی بار یہاں آیا۔ لوٹ لوٹ کر یہاں آیا، لیکن اُس آنے جیسا آنا تو پھر کبھی نہیں آیا۔ میں چاہتا ہوں، اور کچھ سوچتا نہیں ہوں۔ نہ یہ سوچتا کہ منّو کے پاس جا رہا ہوں، نہ یہ سوچتا ہوں کہ میں جا رہا ہوں۔

بس چلا جا رہا ہوں۔ پیڑ کے تنے پر لکھا ہے 'پائنس'۔ لکڑی کا پھاٹک کھولتا ہوں اور گملوں کی قطاروں کے ساتھ ساتھ برامدے تک پہنچ جاتا ہوں۔ کارپیٹ پر ہولے ہولے پاؤں رکھتا ہوں کہ کم آواز ہو۔ دروازہ کھٹ کھٹاتا ہوں اور جھکی کمر پر تجربہ کار چہرہ ادھر بڑھا آتا ہے۔ جان لیتا ہوں کہ یہی پرانا نوکر ہے۔

'گھر میں ہیں؟'

'بیٹیا کو پوچھتے ہو، بیٹا؟'

میں سر ہلاتا ہوں۔

بیٹیا نیچے تال کو اتری تھیں، لوٹتی ہی ہوں گی۔'

میں باہر کھلے میں بیٹھا بیٹھا انتظار کرتا ہوں۔ منّو اب آرہی ہے، آنے والی ہے، آتی ہی ہوگی۔

تھک کر دروازے کی طرف پیٹھ کر لیتا ہوں، جب یہ سوچوں گا کہ وہ دیر سے آئے گی، تو وہ جلدی آئے گی۔

گھوڑے کی ٹاپ سُنائی پڑتی ہے۔ اپنے کو روک لیتا ہوں اور مڑکر دیکھتا نہیں۔

'بابا!' پکارنے کی سی آواز۔ لگا کہ دو آنکھیں میری پیٹھ پر ہیں۔ اٹھا۔ بڑھ کر منّو کی طرف دیکھا، آنکھوں میں نہ حیرانی تھی، نہ استعجاب، نہ اداسی تھی۔ بس، منّو کی ہی آنکھوں کی طرح وہ دو آنکھیں میری طرف دیکھتی چلی گئی تھیں۔

'بابا!' بوڑھا نوکر لپک کر گھوڑے کے پاس آیا اور لاڈ کی سی آواز میں بولا، 'اترو بٹیا، بہت دیر کر دی۔' اور ہاتھ آگے بڑھا دیا۔

منّو سہارا لے کر نیچے اتری۔' ذرا امّاں کو تو بُلاؤ بابا، میرا جی اچھا نہیں۔'

'شکھ تو ہے بٹیا!'

فکر کی یہ آواز سُن کر بٹیا ذرا سی ہنس دی، پھر رُک کر لمبی سانس بھر کر بولی، 'اچھی بھلی ہوں، بابا، بڑی امّاں سے کہو بچھونا لگا دے۔'

بابا نے بٹیا کے لیے کرسی کھینچ دی۔ پھر سہم کر پوچھا، 'بٹیا، لیٹو گی؟'

'ہاں بابا!'

اس بار منّو نے بابا کی طرف دیکھا نہیں، جیسے کوئی جرم کر دیا ہو۔ پھر میری طرف جھک کر کہا، 'کیا بہت دیر ہوئی؟'

'نہیں!' میں سر ہلاتا ہوں لیکن آنکھیں نہیں۔

اس بار جھجک سے نہیں، حق سے پوچھتا ہوں، 'کیا جی اچھا نہیں؟'

منّو نے پل بھر کو تھکی تھکی پلکیں موند لیں اور کچھ بولی نہیں۔

بوڑھی دادی دوڑی دوڑی شال لیے آئی اور کندھوں پر ڈال کر جیسے خود کو ہی دلاسہ دینے کے لیے کہا، 'منّو، خیالی کیوں گھبرانے لگی، اب سب ٹھیک ہوا جاتا ہے ان کے لیے چائے بھیجوں؟'

منّو ایک دم کچھ کہہ نہ سکی۔ پھر کچھ سوچ کر بولی، 'اماں، پوچھ لو، پئیں گے تو نہیں!'

میں کچھ ٹھیک ٹھیک سمجھا نہیں۔ مصروفیت کا بہانہ بنا کر کہا، 'نہیں، نہیں مجھے ابھی کچھ بھی پینا نہیں ہے!'

منّو نے جیسے نہ سُنا، نہ مجھے دیکھا ہی۔

پھر جیسے اماں کو میرے تعارف کی سنجیدگی جتانے کے لیے پوچھا، 'چاچی تو اچھی ہیں۔ ابھی چاچا لوٹے تو نہ ہوں گے؟'

اماں فوراً سمجھ گئی، منّو کی چاچی کے یہاں سے آیا ہوں۔ بولی، 'بٹیا، آنے کی خبر دیتے، تو منّو کے لیے کچھ منگوا لیتی!'

'بڑی ماں، اندر جاکر دیکھو نا، میں تھکی ہوں، اب بیٹھوں گی نہیں!'

میں شرمندہ سا بیٹھا رہا۔ کچھ پھل ہی لیے آتا۔

منّو کچھ دیر میرے چہرے پر میرا مَن پڑھتی رہی۔ پھر دھیمے سے ایسی بولی، مانو مجھ سے نہیں، اپنے سے کہتی ہو۔ 'یہاں نہ کچھ لانا ہی اچھا ہے، نہ کچھ لے ہی جانا!'

میں اپنی ناسمجھی پر پچھتا کر رہ گیا۔

منّو اندر چلی تو ساتھ ہو لیا۔ کمبل اٹھا کر بڑی ماں نے بٹیا کو لٹایا، بال ڈھیلے کرتے کرتے ماتھے کو چھوا اور میرے لیے کرسی پاس کھینچ کر باہر ہو گئی۔

'منّو...'

منّو بولی نہیں ۔ دُبلی سی بانہہ ذرا سی آگے کی طرف ... پھر اچانک کچھ سوچ کر پیچھے کھینچ لی ... آج جب خود بھی منّو سا بن گیا ہوں، سو بار اپنے کو نچھاور کر اس لمحے کو لوٹا لینا چاہتا ہوں ۔ میں کرسی پر بیٹھا بیٹھا کیوں اس بانہہ کو چھو نہیں سکتا تھا؟ کیا اس ہاتھ کو سہلا نہیں سکتا تھا؟ امڑتے مَن کو کسی نے جیسے جکڑ کر وہیں، اس کرسی پر ٹھہرا لیا تھا۔

کیا تھا اس جھجک میں؟ کیا تھا اس جھجکنے والے من میں؟ رہا ہوگا، یہی خوف رہا ہوگا، جواب مجھ سے میرے عزیزوں کو دور رکھتا ہے ۔ اس رات جب چلنے کو اٹھا تھا، تو آنکھوں کی مایا پیچھے باندھتی تھی، مَن کا خوف آگے کھینچتا تھا۔ اور جب جلدی جلدی چل کر ڈاک بنگلے میں پہنچ گیا، تو لگا کہ آزاد ہو گیا ہوں، پل پل جکڑتے بندھن سے آزاد ہو گیا ہوں ۔ اس ابھاگی رات میں جو آزادی پائی تھی، وہ مجھے کتنی بھلی، چاہتا ہوں آج ایک بار منّو دیکھتی تو!

رات بھر ٹھیک سے سو نہیں پایا۔ بار بار نیند میں لگتا کہ بھوالی میں ہوں۔ بھوالی میں سویا ہوں، وہی 'پائنس' کا بڑی بڑی کھڑکیوں والا کمرہ ہے ۔ منّو کے پلنگ پر لیٹا ہوں اور پاس پڑی کرسی پر بیٹھی بیٹھی منّو اپنی انھیں دو آنکھوں سے مجھے گھورتی ہے۔ میں ہاتھ آگے کرتا ہوں اور وہ تھوڑا سا ہنس کر سر ہلاتی ہے، 'نہیں، اِسے کمبل کے نیچے کر لو ۔ اب اسے کون چھوئے گا؟'

'منّو!'

منّو کچھ کہتی نہیں، صرف ہنس دیتی ہے ۔

رات بھر ان بُرے خوابوں میں بھٹکنے کے بعد جگا، تو بوا دیکھ پڑی ۔ 'کچھ ہاتھ نہیں لگے گا رِدی!'

اس صبح پھر میں رُکا نہیں، نہ ڈاک بنگلے میں، نہ بھوالی میں۔ بس کے اڈے پر پہنچا، تو دھوپ میں بجھی بجھی، بھوالی مجھے خوفناک لگی ۔ ایک بار جی کو ٹٹولا، 'پائنس' ... نہیں ... نہیں ... کچھ نہیں ... لوٹ جاؤ۔'

گھر پہنچ کر بُوا ملی ۔ سخت انتباہ والا کھنچا کھنچا چہرہ تھا۔ بھرپور مجھے دیکھ کر جیسے سانس روک کے پوچھا 'کہاں تھے کل؟'

'رانی کھیت تک گیا تھا بُوا!'

'کہہ تو جاتے!'

میں نہ جانے کس الجھن میں آیا تھا۔ کہا، 'کہنے کو۔ بوا، تھا کیا؟'

دوپہر میں پھوپھا ملے۔ کل لوٹے تھے اور ہمیشہ کی طرح سنجیدہ تھے۔ کھانا کھاتے انھیں دیکھتا رہا۔ اچانک انھیں پلیٹ پر سے آنکھیں اٹھا کر بُوا کی طرف دیکھتے ہوئے دیکھا، تو واقعی میں جان گیا کہ پھوپھا کے بھائی ضرور منّو کے پتا ہوں گے۔ نگاہ میں وہی ٹھہراؤ تھا، وہی سنجیدگی تھی۔

پھوپھا نے کھانے پر سے اٹھتے اٹھتے الجھی ہوئی آواز میں مجھ سے پوچھا، 'روی، تمھاری بُوا لکھنؤ تک جانا چاہتی ہیں، انھیں پہنچا سکو گے؟'

'جی، پہنچا دوں گا۔'

میں، بُوا اور بچے نینی سے اتر رہے ہیں۔ میں پیچھے کی سیٹ پر بیٹھا بیٹھا رخصت ہو جانے کی حیرانگی کو سگریٹ کے دھوئیں میں بھول جانے کی کوشش کرتا ہوں۔ چوڑے موڑ سے بس نیچے کی طرف مڑی۔ کھڑکی سے دیکھا۔ تو پہاڑ کی ہریالی میں وہی کل والی بھوالی کی سفیدی دکھ رہی تھی۔

کاٹھ گودام سے لکھنؤ۔ ایک رات بُوا کی سسرال رُک کر بُوا سے وداع لینے گیا، تو بُوا نے پوچھا، 'لوٹ جانے کی سوچتے ہو، روی، کچھ دن یہیں رکو۔'

'نہیں بوا۔'

بُوا اس 'نہیں' کو یکبارگی قبول نہ کر سکی۔ پاس بٹھا کر کچھ دیر دیکھتی رہی۔ پھر محبّت سے کہا، 'کہاں جاؤ گے؟'

'بُوا کچھ پتہ نہیں۔'

بُوا کچھ کہنا چاہتی تھی لیکن کہہ نہیں پا رہی تھی۔ کچھ رُکتے رُکتے کہا، 'روی، تمھارے پھوپھا تو تمھیں واپس نینی لوٹنے کو کہتے تھے۔'

'نہیں بوا، اب تو دکھن جاؤں گا، پتا جی کے پاس۔'

بُوا کو جیسے یقین نہ ہوا۔ کچھ یاد سی کرتی بولی، 'روی، اس بار نینی میں تمھیں

اچھا نہیں لگا؟'

'نہیں، نہیں، بُوا!'

بُوا چاہتی تھی، مجھ سے کچھ پوچھے۔ میں چاہتا تھا، بُوا سے کچھ کہوں، لیکن کسی سے بھی لفظ جُڑتے نہیں۔

اسٹیشن پر جانے لگا، تو بُوا کے پاؤں چھوئے۔ بُوا بہت بڑی نہیں ہے مجھ سے۔ پتاجی کی سب سے چھوٹی موسیری بہن ہوتی ہے، لیکن دل میں کچھ ایسا لگا کہ بوا کا آشیرواد چاہتا ہوں۔

بُوا حیران ہوئی، پھر بولی، 'روی، تم نے پاؤں چھوئے ہیں، تو آشیرواد ضرور دوں گی... بہت سُندر بہو پاؤ!'

میں نہ ہنسا، نہ شرمایا۔ بُوا چپ رہ گئی۔ جس نٹ کھٹ انداز سے کچھ کہہ گئی تھی، اسے جیسے ان دیکھی شرمندگی نے گھیر لیا۔

ٹکٹ لیا، قلی کے پاس سامان چھوڑ پلیٹ فارم پر گھومنے لگا۔ آمنے سامنے کوئی گاڑی نہیں تھی۔ لائنوں پر بچھے خالی پن نے اچھے مَن کو اچانک کھول دیا۔ جو کچھ بھی سوچ رہا تھا، سوچتا چلا گیا۔ مَن نہ بھوالی پر اٹکا تھا، نہ 'پانس' پر، نہ منتو پر۔ پچھلا سب بیت گیا لگتا۔ بوا کا آشیرواد تصور میں کھل گیا۔ گھر ہوگا، گھر کی رانی ہوگی، میں ہوں گا...'

بوا کا آشیرواد جھوٹ نہیں نکلا۔ واقعی میرا گھر بنا۔ سندر گھرنی آئی، اُسے میں ہی بیاہ کر لایا۔ لیکن اس دن جہاں کا ٹکٹ لے لیا تھا، وہاں کی گاڑی مجھے کھینچ کر اس پلیٹ فارم پر سے لے جا نہیں سکی۔

گاڑی آگئی ہے۔ قلی سامان لگاتا ہے اور میں باہر کھڑے کھڑے دیکھتا ہوں — 'مسافر، قلی، سامان، بچے، بوڑھے...'

'صاحب، گاڑی چھوٹنے میں دس منٹ ہیں!'

میں اپنی گھڑی دیکھتا ہوں اور سر ہلا دیتا ہوں کہ میں جانتا ہوں۔

قلی پھر ایک بار اندر جا کر اسباب اوپر نیچے کرتا ہے اور صافہ ٹھیک کرتے ہوئے باہر نکل کر کہتا ہے، 'ہری بتی ہو گئی ہے، صاحب!'

بتّی کی طرف دیکھتا ہوں اور دیکھتا چلا جاتا ہوں، وہی قد ہے، وہی ڈبلا پتلا جسم، وہی ڈھلا ڈھلا سا چہرہ، وہی... وہی...'

جوش میں کہتا ہوں، 'قلی، سامان اتار لو۔'

'صاحب!'

'جلدی کرو، جلدی۔'

قلی پھر میرے سامان کے ساتھ ہے۔ ٹکٹ واپس کر نیا لے لیا۔ اسٹیشن سے پھل کے ٹوکرے بندھوائے، چائے پی اور بریلی کے لیے گاڑی میں جا بیٹھا۔ جہاں مجھے جانا ہے، وہیں جاکر ہٹوں گا، جب میں نہیں رُکتا ہوں تو مجھے کون روکے گا؟

گھر میں آگے لان میں بیٹھا سردیوں کی ڈھلتی دھوپ میں مجھ پر تساہلی ہے۔ اندر سے ماں نکلی اور پاس بیٹھتے ہوئے کہا، 'بیٹا، اس بار چھٹی میں آہی گئے تو ٹھہر جاؤ۔ بار بار انکار کرنا اچھا نہیں لگتا۔'

ماں کی بات سُن کر میں سیانے بیٹے کی طرح ہنستا ہوں اور من ہی من سوچتا ہوں کہ ماں کتنا ٹھیک کہتی ہے۔ اپنی نوکری پر رہتا ہوں اور تنہا آدمی کے خرچ سے کہیں زیادہ کماتا ہوں، پھر کیوں انکار کروں گا؟ ماں کی امیدوں کے برعکس تیز آواز میں کہتا ہوں، 'ماں، جو تمھیں پسند ہو وہی مجھے پسند ہے۔'

'بیٹا، لڑکی دیکھنا چاہو گے؟'

'ہاں، ماں!'

لگا، ماں من ہی من ہنسی۔

کھانے کے بعد رات کو گھوم کر آیا، تو کمرے میں سکون تھا، من میں شانتی تھی کسی کو دیکھنے کے لیے کالج کے دنوں والا اتاولاپن، لاابالی پن من میں نہیں رہ گیا تھا۔ لگا کہ تنہا رہتے رہتے کسی کے ساتھ کی امید نہیں کر رہا، اسے تو اپنا حق کر کے مان رہا ہوں۔

ہاتھ میں کتاب لے کر رات کو لیٹا، تو پڑھتے پڑھتے اوب گیا۔ آنکھوں کے اندھیرے میں دیکھا، کسی پہاڑ پہ چڑھا جا رہا ہوں۔ دور چیڑ کے پیڑوں کے

جھُنڈ کے جھُنڈ دِکھتے ہیں ، آسمان سب سُنسان ہے ، اپنے پاؤں کی آواز کے سوا کوئی آواز نہیں ۔ اچانک آدمی کی آواز گونجتی ہے ، ادھر … اُدھر … اور اندھیرے میں ہلتا ایک ہاتھ آگے بڑھا بڑھا آتا ہے میرے گلے کی طرف … قریب … اور قریب …

دُبلی کلائی … پتلی انگلیاں … میں ڈرتا ہوں … پیچھے ہٹتا ہوں اور گھبراکر آنکھیں کھول دیتا ہوں ۔

اٹھا ، کھڑکی کا پردہ اٹھاکر باہر جھانکا۔ لان کے داہنے ہرے گھاس پر پتا جی کے کمرے کی روشنی پھیلی تھی۔ سنبھلا۔ لمبی سانس لے کر بالوں کو چھوا تو ماتھا ٹھنڈا لگا ۔ خوفناک خاموشی اور تاریکی میں وہ ہاتھ … وہ ہاتھ …

مَن میں جیسے بھول چکا ہوں ، اُسے آج ہی یاد کیوں آنا تھا … کیوں یاد آنا تھا … کیوں دِکھ جانا تھا اس ہاتھ کو ، جو برسوں گئے ' پائنس ' کی اترائی سے اترتے اُترتے میں نے آخری بار دیکھا تھا ؛ چھوا تھا ، نہیں کہوں گا ، کیوں کہ متعدد بار سوچ سوچ کر بھر لینے کے لیے بانہہ آگے کرنا ، چھولینا نہیں ہوتا ۔

مہینہ بھر نینی میں رہتے ہوئے بار بار بھوالی سے لوٹنے کے بعد جب آخری بار میں منّو کے پاس سے لوٹا تھا ، تو لوٹ لوٹ کر اس لوٹنے کو نہ لوٹنا کرنا چاہتا تھا۔ تین بار نیچے اترا تھا اور تین بار مڑکر اوپر گیا تھا ۔

منّو شال میں لپٹی آرام کرسی پر ادھ لیٹی تھی ۔ پاس کھڑے ہوکر اس کی چپّی کو جیسے اس پر سے اتار دینے کو ، اداس آواز میں کہا ، ' کل تو نینی سے نیچے اتر جاؤں گا ۔'

منّو نے نیچے پھیلے شال کو آہستہ آہستہ سمیٹا ۔ ایک ماہ پہلے والی نگاہ چہرے پر لوٹ آئی ۔ وہی پرایا سا دیکھنا ، وہی دور دور سا لگتا چہرہ …

منّو … چاہتا ہوں ، منّو سے کچھ تو کہوں ، لیکن کیا کہوں ۔ یہ کہ جلدی لوٹوں گا ۔

پَل پَل خود سے کہتا ہوں ، آؤں گا ، پھر آؤں گا ، لیکن جس نگاہ سے منّو مجھے دیکھتی ہے وہ جیسے بغیر بولے یہ کہے جارہی ہے کہ اب تم یہاں نہیں آؤگے ۔

' منّو ! '

'روی! اور، اور بس مشکل سے تھوڑی سی ہنسی اور ہاتھ جوڑ دیئے
'نمسکار!'

اِن جوڑے جوڑے ہاتھوں کو دیکھتا رہا۔ ذرا سا آگے بڑھا کہ وداع لوں، وداع دوں، لیکن نہ جانے کیوں کھڑا کا کھڑا رہ گیا۔

سمجھانے کی سی آواز میں منّو بولی، 'دیر ہو رہی ہے روی!'

جی بھر کر دیکھنے والی اپنی آنکھوں کو جھکا کر میں جلدی جلدی نیچے اتر گیا۔

میں پھر لوٹوں گا... پھر... لیکن کیا، ہمیشہ کے لیے چلا جا رہا ہوں...

مُڑ کر پیچھے دیکھا اور ٹھٹھک گیا۔ منّو وہیں، اسی انداز میں بیٹھی تھی۔

جیسے وہ جانتی تھی کہ لوٹوں گا۔ ساتھ پڑی کرسی کی طرف اشارہ کر کے کہا، 'بیٹھو روی!' آواز میں نہ درد تھا نہ ساتھ چھوٹنے کی اداسی تھی، نہ میرے آنے پر حیرانی تھی۔ آنکھوں ہی آنکھوں میں کچھ ایسا دیکھا جیسے پوچھتی ہو، 'کچھ کہنا ہے؟'

میں اپنے کو بچّے کی طرح چھوٹا کر کے کہتا ہوں، 'منّو! مَن نہیں ہوتا جانے کا۔'

منّو کچھ دیر دیکھتی رہی۔ میں چاہتا ہوں، منّو کچھ بھی کہے، کہے تو...

ایک چھوٹی سی سانس جیسے چھوٹے سے چھوٹی گھڑی کے لیے اس کے گلے میں اٹکی، پھر، پھر گھنی آواز میں کہا، 'ایک نہ ایک بار تو تمہیں چلے ہی جانا ہے، روی...'

میں ہاتھوں سے گھیر کر اس جسم کو نہیں، تو اس آواز کو چھو لینا چاہتا ہوں، چوم لینا چاہتا ہوں۔ 'منّو!' آگے بڑھتا ہوں، کچھ روک لینے کی، تھام لینے کے انداز میں منّو دونوں ہاتھ آگے ڈال دیتی ہے، بس۔

'منّو!' اپنی گزارش اس تک پہنچانا چاہتا ہوں۔

'نہیں!' اس 'نہیں' کے آگے نہیں ہے، اور کچھ نہیں۔

منّو ڈھیلا سا ہاتھ ہلا کر آنکھوں سے مجھے رخصت کرتی ہے اور میں مجبور سا، بے مقصد سا نیچے اترتا ہوں۔

آنکھوں پر دھند سی اُمڑ آتی ہے، سنبھلتا ہوں، سنبھلتا ہوں اور ایک بار پھر

پیچھے دیکھتا ہوں۔

بالکل ایسے لگتا ہے کہ کنارے پر کھڑا ہوں اور کشتی میں بیٹھی منّو بہی چلی جا رہی ہے ... وہ مجھے نہیں دیکھتی، نہیں دیکھتی، اس کی آنکھوں کے آگے اس کے اپنے ہاتھوں کی روک ہے، اپنے ہاتھوں کی اوٹ ہے۔

ہاتھوں پر ٹِکا منّو کا سر نیچے جھکا ہے، آنکھیں شاید بند ہیں، شاید نم ہیں۔ اس سخت جان زخمی انا کی بات سوچ کر چھٹپٹاتا ہوں۔

قدم اٹھا کر پھاٹک کے پاس پہنچا تو سِسکیاں سُن کر رک گیا۔

من ہی من دُہرا کر کہا، 'منّو !... منّو !...'

اُسی پکار کو پلٹ کر جیسے جواب آیا، 'ٹھہرو نہیں! رُکو نہیں!'

سچ ہی میں ٹھہرا نہیں۔ اترتا چلا گیا اور ہر قدم کے ساتھ دور ہوتا چلا گیا، اس کالج سے، کالج میں رہنے والی منّو سے، منّو کی اُن دو آنکھوں سے ... لیکن منّو کی یاد سے نہیں۔ منّو کی یاد مجھے آج بھی آتی ہے۔ آج بھی وہ یاد آتی ہے، وہ دوپہر جب منّو اور میں اس بڑی جھیل کے کنارے سے لگی پگڈنڈی پر گھومتے رہے تھے۔ میٹھا میٹھا سا دن تھا۔ پہلی بار اس زرد چہرے کی مٹھاس کے سامنے میں پانی سا بہہ گیا تھا۔ ایک ٹک ان گھنگھرالے بالوں کو دیکھتا رہ گیا تھا۔ اور دیکھتا گیا تھا شال میں لپٹے ان کندھوں کو جو پیروں کی دھیمی چال سے تھک کر بھی جھکتے نہیں تھے۔

چکّر کا آخری موڑ آیا، تو بہت بڑے گھنے درخت کے نیچے دیوی کے دو چھوٹے چھوٹے مندر دکھے۔ ان کے کپاٹ بند تھے۔ کچھ زیادہ نہ سوچ کر آگے بڑھنے کو ہوا کہ منّو کو دیکھ کر رک گیا۔ کھڑی کھڑی کچھ دیر سوچتی رہی۔ پھر جوتے اتار ننگے پاؤں کنارے کے پتھروں سے نیچے اتر گئی۔ بڑے سے پتھر پر پاؤں جمایا اور جھک کر ڈنٹھل سے کمل توڑ واپس لوٹ آئی۔ میں تو کچھ سوچ نہیں رہا تھا، بس، دیکھتا چلا جا رہا تھا۔ شال سر پر کر لیا تھا اور ان بند کپاٹوں کے آگے والی دہلیز پر پھول رکھ کر سر جھکا دیا۔

مندر کے بند کپاٹوں کے آگے ماتھا ٹیک اٹھی، تو مانو منّو سی نہیں لگ رہی

تھی۔ ایسے دکھا کہ یہ جھکا سایہ منو نہیں، کوئی ناکام مجبوری ہو، جس نے قسمت کے ان بند کپاٹوں کے آگے ماتھا ٹیک دیا تھا۔ اس سنسان تنہائی کے لیے من میں ڈھیر سا درد اٹھ آیا۔ بہتی ہوئی سی آواز میں کہا، ' درشن کرنے کا من ہو، منو، تو کسی سے پجاری کا ٹھکانہ پوچھوں'؟

منو نے کچھ کہنے سے قبل آواز کو سنبھالا، پھر سر ہلا کر کہا، ' نہیں روی، ایسا کچھ نہیں ہے۔ مجھے کون وردان مانگنے ہیں۔ اپنے لیے تو کپاٹ بند ہو گئے ہیں۔ بس، اتنا ہی چاہتی ہوں، یہ کپاٹ ان کے لیے کھلے رہیں، جن سے بچھڑ کر میں آپڑی ہوں'!

منو کو چھونے کا خوف، اس کی بیماری کا ڈر، جو اب تک مجھے روکتا تھا، باندھتا تھا، الگ جا پڑا۔ جھیل کی ٹھنڈی ہوا میں بکھرانے سے گھنگھرالے بالوں پر جھک کر بانہہ سے گھیرتے ہوئے کہا، ' منو!...'

منو چونکی نہیں۔ کندھے پر پڑا ہاتھ دھیرے سے الگ کر دیا اور پوری آنکھوں سے دیکھتی ہوئے بولی، ' روی، جسے تم جھیل نہیں سکتے، اس کے لیے ہاتھ نہ بڑھاؤ'!

آواز میں نہ اُلاہنا تھا، نہ طنز تھا، نہ تلخی تھی۔ بس، جو کہنے کو تھا، وہی کہا گیا تھا۔ اس کہنے کا جواب میں اس دن نہیں دے پایا۔ بار بار منو کے پاس جانے پر بھی نہیں دے پایا، رخصت کے ان لمحات میں، جب منو کو روتا چھوڑ میں آخری بار ' پائنس، کی اترائی اترتا چلا گیا تھا۔ جس کمزوری سے بزدل بن کر ڈرا تھا، وہ آج اپنے پر ہی بیت گئی ہے۔ آج اپنے لیے، منو کے لیے اس بزدلی کو کوستا ہوں۔ گھر میں چہل پہل تھی۔ ماں کو خوب صورت بہو ملی، مجھے بھلی ساتھی۔ بھولے پن سے مسکراتی میرا کو دیکھتا ہوں، تو کہیں کھو جانے کو جی چاہتا ہے۔ لیکن اب کھوؤں گا کیوں؟ اب تو بندھ گیا ہوں، بندھا ہی رہوں گا۔ آس پاس رشتے ناتے ہیں، دوست احباب ہیں۔ بیاہ والے گھر کے اونچے قہقہے سن کر خوشی سے جی اُمڈ اُمڈ جاتا ہے۔ کیسا اہتمام ہے یہ بھی۔ ایک دن جو بات شروع ہو جاتی ہے اُسے پوری طرح مکمل کر دیا جاتا ہے۔ اتنے بھرے پورے من سے۔ بیاہ کے سوا اور کیا

ہوتا ہے، جو منعقد ہو کر ایک ٹیک پر، ایک نقطے پر پہنچ جاتا ہے۔ تن من، گھر بار، اندر باہر ـــــ سب ایک ہی پیار میں بھیگ جاتے ہیں۔ کل میرا کو لے کر سمندر کے کنارے چلا جاؤں گا۔ مہینہ بھر رک کر وہاں کے لیے کوچ کریں گے جہاں اب تک میں بے گھر سا ہو کر رہتا رہا۔

اس اپار، لامحدود سمندر کے کنارے ایک دوسرے پر چھا چھا جاتے ہم گھنٹوں گھومتے رہے۔ بیچ بیچ میں ٹھہرتے اور محبت سے مجبور ایک دوسرے میں چھپے اپنے اپنے پیار کو چومتے۔ صبح شام، دن رات کہاں چھپتے، کہاں ڈوبتے، یہ ہم دیکھ دیکھ کر بھی نہیں دیکھتے تھے۔

اس کے بعد لمحوں کی طرح بیت گئے وہ دس برس۔ ساتھ ساتھ لگے الگاؤ سے دور مگن شب و روز۔ میرا اور بچوں سے دور، اس کاٹج میں پڑا پڑا، آج بھی پیچھے لوٹتا ہوں تو، بہت قریب سے کسی سانس کی آواز سنتا ہوں۔

ہم کتنے سکھی ہیں، کتنے! چاہتا ہوں، کسی کی آنکھ میں دیکھ کر اس کا جواب دوں۔ کسی کو چھو کر کچھ کہوں، پر سننے والا کوئی نہیں۔ بچوں کے لیے میرا نے میرا وہ چھوٹا کر لیا۔

گئے مہینے رانی کھیت جاتے میرا بچوں کے ساتھ گھنٹہ بھر کو یہاں رُکی تھی۔ برامدے میں لیٹے لیٹے ان تینوں کو اوپر آتے دیکھتا رہا۔ دروازے پر پہنچ کر میرا پل بھر کو ٹھٹھکی تھی۔ پھر دونوں ہاتھوں سے بچوں کو گھیرے کے اندر لے آئی۔

'منا، رانی، پرنام کرو بیٹا!'

دیکھ کر آواز بھر آئی۔ میری قسمت مجھ سے دور، مجھ سے الگ جا پڑی ہے۔ میرے ہی بچے حیرانی سے مجھے دیکھ ماں کے حکم کی تعمیل کر رہے ہیں۔

میرا جب تک رہی، آنکھیں پونچھتی رہی۔ کچھ کہنے کو، کچھ پوچھنے کو اس کی آواز بندھی نہیں۔ اپنے خوب صورت معصوم بچوں کو اپنے ہی ڈر کی وجہ سے پوری طرح دیکھ نہیں پایا۔ صرف میرا کی طرف دیکھتا رہا کہ جو آج مجھے ملنے آئی ہے اس میں میری بیوی کہاں ہے۔ کہاں ہے وہ جو سچ مچ میری تھی۔

بھری آنکھوں سے میرا کی کلائی کی گھڑی دیکھنے کی سنگدلی سے زخمی ہو ہیں پھٹی پھٹی، روکھی نگاہ سے دروازے کی طرف دیکھنے لگا کہ میرا ہی خاندان کچھ لمحوں میں مجھے یہاں تنہا چھوڑ، مجھ سے دور چلا جائے گا۔ ایک بار من ہوا کہ بچوں کو پکڑنے والی ان دو باہوں کو اپنی طرف کھینچ کر کہوں، '' میں تمھیں نہیں جانے دوں گا، نہیں جانے دوں گا۔'' لیکن بچوں کی چھوٹی چھوٹی آنکھوں کے غیر معروف اس جذبے کو دور تک کاٹتا چلا گیا۔

چونک کر دیکھا، میرا پاس آکر جھکی اور ہونٹوں سے ماتھا چھوکر، ہولے سے پیچھے ہٹ گئی۔ اٹھ بیٹھا کہ ایک بار پیار دوں، ایک بار پیار لوں ... کہ ہاتھوں میں منہ چھپا روتے روتے میرا ان باہوں سے آ لگی۔

میرا کی آنکھوں سے بھیگی اپنی روتی آنکھوں کو پونچھ کر آس پاس دیکھا، تو ٹوٹا باندھ سب کچھ بہا لے گیا تھا، نہ پاس میرا تھی، نہ بچے ...'

تکیوں کے سہارے سر اونچا کر کے دیکھا، ڈھلان کے تیسرے موڑ پر تینوں چلے جا رہے تھے۔ میرا میری جانب سے پیٹھ موڑے آگے کی طرف جھکی تھی۔ بچے ایک دوسرے کی انگلی پکڑے کبھی ماں کو دیکھتے تھے کبھی راہ کو۔

سانس روکے انتظار کرتا رہا، لیکن کسی نے پیچھے نہیں دیکھا، نہ میرا نے نہ میرے بیٹے نے۔ صرف چھوٹی رانی کے بالوں میں گوندھا گلابی ربن دیر تک ہل ہل کر میری آنکھوں سے کہتا رہا، ' پاپا ہم چلے گئے'۔

سچ ہی سب چلے گئے ہیں۔ اس لیے نہیں کہ انھیں جانا تھا، اس لیے کہ میں چلا جا رہا ہوں۔ ایسے ہی ایک دن منو کے جانے کو بھانپ کر میں ڈھلان سے اترتا چلا گیا تھا۔ میری ہی طرح اکیلے میں منو روئی تھی۔ اب جان پایا ہوں کہ ہاتھوں میں منہ چھپا کر وہ رونا کتنا اکیلا تھا۔ لیکن اس بار جا کر برسوں میں نے منو کی خبر نہیں لی۔ جب کبھی نیند میں دیکھتا، وہ دُبلا جسم، بڑی بڑی آنکھیں اور کمبل پر پھیلی پتلی پتلی باہیں، تو جاگ کر تیزی سے میرا کی طرف بڑھ جاتا۔

ایک بار دورے پر لکھنؤ آیا، تو منّو ملی۔ دیر تک ادھر اُدھر کی باتیں کرنے کے

بعد اچانک آواز بدل کر بولی، ' روی، منّو تو اب نہیں رہی '۔

' نہیں، بُوا! ' میں باپ ہو جانے کی سنجیدگی کو سنبھالتے کہتا ہوں، ' نہیں بُوا... '

بُوا جیسے مجھے کہیں برسوں پہلے کے اُس روی کو کہتی ہے، ' رات کو سوئی تو جگی نہیں۔ اماں چھٹی پر تھی۔ صبح صبح خیالی اندر آیا، تو سانس ٹوٹ گئی تھی '۔

میں روندھے گلے سے جیسے کچھ پوچھنے کو کہتا ہوں، ' بوا '۔

بُوا آنکھ پونچھتی پونچھتی کچھ سوچتی رہی، پھر درد سے بولی۔ ' روی، ایک بار اُسے خط تو لکھتے '۔

میں رومال سے آنسو پونچھنے لگا۔

' تمہارے نام کا ایک پارسل چھوڑ گئی تھی الماری میں۔ کھولا، تو جرسی تھی '۔

دوسرے دن بُوا کے پاس پھر آیا، تو جلدی جلدی پاؤں چھو کر کہا، ' اچھا بُوا... '

' روی ــــ ' بُوا کی وہی کل والی آواز تھی۔ میں نے سر ہلا کر بڑی بے بسی کی سی آواز میں کہا، ' نہیں، بوا، نہیں '۔

بوا سمجھ گئی میں کچھ بھی جاننا نہیں چاہتا ہوں۔ لیکن جیسے من ہی من منّو کے لیے ٹوٹ کر بولی، ' یہی بار بار سوچتی ہوں کہ جس کے پیار کو بھی کوئی نہ چھو سکے، ایسی بدقسمتی اُسے کیوں ملی، کیوں ملی؟ '

لکھنؤ سے لوٹ کر میں کئی دن مَن سے منّو کو اتار نہیں پایا۔ یہی دیکھتا کہ ' پائنس ' میں کرسی پر بیٹھی وہ میرے لیے جرسی تیار کر رہی ہے، وہی ہاتھ ہیں، وہی نگاہ ہے...

اور ایک دن سال بھر گھر میں بیمار رہنے کے بعد میں بھوالی پہنچ گیا۔ وہی چیڑ کی ٹھنڈی ہوائیں تھیں، وہی سہانی دھوپ تھی۔ وہی بھوالی تھی اور وہی میں تھا۔ لیکن اس بار کسی کا پتہ کرنے مجھے پوسٹ آفس کی طرف نہیں جانا تھا، ' پائنس ' کے سامنے والے پہاڑ پر کسی کی بد دعاؤں سے بنے کاٹج میں پہلی بار سویا، تو بھر بھر آتے گلے سے ساری رات ایک ہی نام پکارتا رہا، ' منّو... منّو! ... آج وہ ہوتی ... ہوتی تو... '

ہر روز صبح اٹھتے برامدے سے ' پائنس ' دیکھتا ہوں اور جی ہی جی پکارتا ہوں،

'منو! ... منو!! ...'

جس میرا کو میں نے برسوں جانا ہے وہ اب پاس سی نہیں لگتی، اپنی سی نہیں لگتی۔ اُسے میں نے چھو چھو کر چھوا تھا، چوم چوم کر چوما تھا، لیکن دل پر جب محبت اور پیار کا اچھال آتا ہے، تو میرا نہیں، منو کی آنکھیں ہی سگی دِکھتی ہیں۔

کھڑکی کے سامنے لیٹے لیٹے، تنہائی سے گھبرا کر جب میں باہر دیکھتا ہوں، تو دُھند بھرے بادلوں کے گھیروں میں گھنگھرالے بالوں والا وہی چہرہ دِکھتا ہے، وہی ...

آئے دن دوا کے نئے بدلتے ہوئے رنگ دیکھ کر اب اتنا تو جان گیا ہوں کہ اس چھوٹے تن میں مَن کو بہت دیر بھٹکنا نہیں ہے۔ ایک دن کھڑکی سے باہر دیکھتے ہی دیکھتے انھیں بادلوں میں سما جاؤں گا ... انھیں گھیروں میں ...

منو بھنڈاری

ترشنکو

'گھر کی چہار دیواری آدمی کی حفاظت کرتی ہے لیکن ساتھ ہی اسے ایک حد میں باندھتی بھی ہے۔ اسکول کالج جہاں فرد کے ذہن کا ارتقار کرتے ہیں، وہیں قاعدے، قانون اور ڈسپلن کے نام پر اس کی شخصیت کو محدود بھی کرتے ہیں —— بات یہ ہے بند ہو کہ ہر بات کا اختلاف اس کے اندر ہی رہتا ہے!'

یہ سب میں کسی کتاب کی مثال نہیں پیش کر رہی۔ ایسی بھاری بھرکم کتابیں پڑھنے کا میرا بوتا ہی نہیں۔ یہ تو ان باتوں اور بحثوں کے ٹکڑے ہیں جو رات دن ہمارے گھر میں ہوا کرتے ہیں۔ ہمارا گھر یعنی دانشوروں کا اکھاڑہ۔ یہاں سگریٹ کے دھوئیں اور کافی کے پیالوں کے بیچ باتوں کے بڑے بڑے تومار باندھے جاتے ہیں —— بڑے بڑے لفظی انقلاب آتے ہیں۔ اس گھر میں کام کم اور باتیں زیادہ ہوتی ہیں۔ میں نے کہیں پڑھا تو نہیں، لیکن اپنے گھر سے یہ لگتا ضرور ہے کہ دانشوروں کے لیے شاید کام کرنا منع ہے۔ ماتو شری اپنی تین گھنٹے کی تفریح نما نوکری بجانے کے بعد آزاد۔ تھوڑا بہت پڑھنے لکھنے کے بعد جو وقت بچتا ہے وہ یا تو بحث میں جاتا ہے یا پھر لوٹ لگانے میں۔ ان کا خیال ہے کہ جسم کے بے عمل ہوتے ہی دل و دماغ بیدار ہو اٹھتا ہے اور یہ دن کے چوبیس گھنٹوں میں سے بارہ گھنٹے اپنا دل و دماغ ہی سرگرم بنائے رکھتی ہیں۔ پتا شری اور بھی دو قدم آگے ان کا بس چلے تو وہ نہائیں بھی اپنی میز پر ہی۔

جس بات کی ہمارے یہاں سب سے زیادہ کتائی ہوتی ہے وہ ہے — جدیدیت۔ لیکن ذرا ٹھہریئے، آپ جدیدیت کا غلط مطلب نہ لگائیے۔ یہ بال کٹانے اور چھری کانٹے سے کھانے والی جدیدیت قطعی نہیں ہے۔ یہ ہے خالص دانشوروں کی جدیدیت۔ یہ کیا ہوتی ہے، سو تو ٹھیک ٹھیک میں بھی نہیں جانتا — لیکن ہاں اس میں لیک چھوڑنے کی بات بہت سنائی دیتی ہے۔ آپ لیک کی دولتی جھاڑتے آیئے، سر آنکھوں پر لیک سے چپک کر آیئے، دولتی کھایئے۔

بحثوں میں یوں دنیا جہان کے موضوع پسے جاتے ہیں لیکن ایک موضوع شاید سب لوگوں کا پسندیدہ ہے اور وہ ہے شادی۔ شادی یعنی بربادی۔ ہلکے پھلکے ڈھنگ سے شروع ہوئی بات ایک دم ذہانت کی سطح پر چلی جاتی ہے — شادی ادارہ ایک دم کھوکھلا ہو چکا ہے — بیوی اور شوہر کا رشتہ بڑا نقلی اور اوپر سے تھوپا ہوا ہے — اور پھر دھواں دھار ڈھنگ سے شادی کی دھجیاں اڑائی جاتی ہیں۔ اس بحث میں اکثر عورتیں ایک طرف ہو جاتیں اور مرد ایک طرف اور بحث کا ماحول کچھ ایسا گرم ہو جایا کرتا ہے کہ مجھے پورا یقین ہو جاتا کہ اب ضرور ایک دو لوگ طلاق دے بیٹھیں گے۔ لیکن میں نے دیکھا کہ ایسا کوئی حادثہ کبھی ہوا نہیں۔ سارے ہی دوست اپنی اپنی شادی کو خوب اچھی طرح تہہ سمیٹ کر، اس پر جم کر آسن مارے بیٹھے ہیں۔ ہاں، بحث کی رفتار اور ٹون آج بھی وہی ہے۔

اب سوچیے، بیاہ کو کوسیں گے تو فری لو اور فری سیکس کو تو کوسنا ہی پڑے گا۔ اس میں مرد لوگ اچھل اچھل کر آگے رہتے —— کچھ اس انداز سے جیسے بات کرتے ہی ان کا آدھا سکھ تو وہ لے ہی لیں گے۔ پاپا خود بڑے حامی۔ لیکن ہوا یوں کہ گھر میں ہمیشہ چپ چپ رہنے والی دور دراز کی ایک دیدیا نے بغیر کبھی ان بحثوں میں حصہ لیے ہی اس پر پوری طرح عمل کر ڈالا تو پایا کہ ساری جدیدیت فضول۔ وہ تو پھر ممی نے بڑے سیدھے انداز سے ساری بات کو سنبھالا اور بلا مطلب شادی کے بندھن میں باندھ کر دیدیا کا جیون معنی خیز کیا۔ حالاں کہ یہ بات بہت پرانی ہے اور میں نے تو بڑی ڈھکی دبی زبان سے اس کا ذکر ہی سنا ہے۔

ویسے پاپا ممی کا بھی محبت کا بیاہ ہوا تھا۔ یوں یہ بات بالکل دوسری ہے کہ

ہوش سنبھالنے کے بعد میں نے انھیں محبت کرتے نہیں، صرف بحث کرتے ہی دیکھا ہے۔ شادی سے پہلے اپنے اس فیصلے پر ممی کو نانا سے بھی بہت بحث کرنی پڑی تھی اور بحث کا یہ دور بہت لمبا چلا تھا شاید۔ اس کے باوجود یہ بحث بیاہ نہیں محبت بیاہ ہی ہے، جس کا ذکر ممی بڑے فخر سے کیا کرتی ہیں۔ فخر بیاہ کو لے کر نہیں، لیکن اس بات کو لے کر ہے کہ کس طرح انھوں نے نانا سے مورچہ لیا۔ اپنے اور نانا کے درمیان ہوئے مباحثے کو وہ اتنی بار دہرا چکی ہیں کہ مجھے وہ یاد سا ہو گیا ہے۔ آج بھی جب وہ اس کا ذکر کرتی ہیں تو لیک سے ہٹ کر کچھ کرنے کا اطمینان ان کے چہرے پر جھلک اٹھتا ہے۔

بس، ایسے ہی گھر میں میں پل رہی ہوں ——— بڑے آزاد اور کھلے ڈھنگ سے۔ اور پلتے پلتے اچانک ایک دن بڑی ہو گئی۔ بڑے ہونے کا یہ احساس میرے اپنے اندر سے اتنا نہیں پھوٹا، جتنا باہر سے۔ اس کے ساتھ بھی ایک دلچسپ حادثہ جڑا ہوا ہے۔ ہوا یوں کہ گھر کے ٹھیک سامنے ایک برساتی ہے ——— ایک کمرہ اور اس کے سامنے پھیلی چھت۔ اس میں ہر سال دو تین طالب علم آ کر رہتے ——— چھت پر گھوم گھوم کر پڑھتے۔ لیکن کبھی دھیان ہی نہیں گیا۔ شاید دھیان جانے جیسی میری عمر ہی نہیں تھی۔ اس بار دیکھا وہاں دو لڑکے آئے ہیں۔ رہتے تو وہ دو ہی، لیکن شام تک ان کے دوستوں کا ایک اچھا خاصا جم گھٹ ہو جاتا اور ساری چھت ہی نہیں سارا محلہ تک گلزار! ہنسی مذاق، گانا بجانا اور آس پاس کی جو بھی لڑکیاں ان کی نظر کے دائرے میں آ جاتیں، ان پر چٹیلی پھبتیاں۔ لیکن ان کی نظروں کا اصل مرکز ہمارا گھر ——— اور واضح کروں تو میں ہی تھی۔ برامدے میں نکل کر میں کچھ بھی کروں، ادھر سے ایک نہ ایک ریمارک ہوا میں اچھلتا ہوا ٹپکتا اور میں اندر تک تھرتھرا اٹھتی۔ مجھے پہلی بار لگا کہ میں ہوں ——— اور صرف ہوں ہی نہیں ——— کسی کی توجہ کا مرکز ہوں۔ ایمانداری سے کہوں تو اپنے ہونے کا پہلا احساس بڑا سحر انگیز لگا اور اپنی ہی نظروں میں میں نئی ہو گئی ——— نئی اور بڑی۔

عجیب سی حالت تھی۔ جب وہ پھبتیاں کستے تو میں غصے سے بھنا جاتی ——— حالانکہ ان کی پھبتیاں غیر اخلاقی نہیں تھیں۔ تھیں تو صرف جی کو سہلانے والی ایک چہل۔

لیکن جب وہ نہیں ہوتے یا ہوکر ہی آپس میں ہی مشغول رہتے تو میں انتظار کرتی رہتی۔ ... ایک بے نام سی بے چینی اندر ہی اندر کسمساتی رہتی۔ عالم یہ ہے کہ ہر حالت میں دھیان وہیں اٹکا رہتا اور میں کمرہ چھوڑ کر برامدے میں ہی ٹنگی رہتی۔

لیکن ان لڑکوں کے اس ہلے گلے تہذیب نے محلّے والوں کی نیند ضرور حرام کردی۔ ہمارا محلّہ یعنی ہاتھرس، خورجہ کے لالاؤں کی بستی۔ جن کے گھروں میں جوان لڑکیاں تھیں وہ یا نہیں چڑھا چڑھا کر دانت اور لات توڑنے کی دھمکیاں دے رہے تھے کیوں کہ سب کو اپنی لڑکیوں کا مستقبل جو دکھائی دے رہا تھا۔ محلے میں اتنی سرگرمی اور میرے ممی پاپا کو کچھ پتہ ہی نہیں۔ بات اصل میں یہ ہے کہ ان لوگوں نے اپنی حالت ایک جزیرہ جیسی بنا رکھی ہے۔ سب کے درمیان رہ کر بھی سب سے الگ۔

ایک دن میں نے ممی سے کہا، 'ممی، یہ جو سامنے لڑکے آتے ہیں، جب دیکھو مجھ پر ریمارک پاس کرتے ہیں۔ میں چپ چاپ نہیں سنوں گی، میں بھی یہاں سے جواب دوں گی۔'

'کون لڑکے؟' ممی نے حیرت سے پوچھا۔

کمال ہے، ممی کو کچھ پتہ نہیں۔ میں نے کچھ تلاش اور کچھ خوشی کی ملی جُلی آواز میں ساری بات بتائی۔ لیکن ممی پر کوئی خاص ردعمل ہی نہیں ہوا۔

'بتا نا کون ہیں یہ لڑکے؟' بڑے سرد لہجے میں انھوں نے کہا اور پھر پڑھنے لگیں۔ اپنا چھیڑا جانا مجھے جتنا سنسنی خیز لگ رہا تھا، اس پر ماں کی ایسی سرد مہری مجھے اچھی نہیں لگی۔ کوئی اور ماں ہوتی تو پھینٹا کس کر نکل جاتی اور ان کی سات پشتوں کو تار دیتی۔ لیکن ماں پر جیسے کوئی اثر ہی نہیں۔

دوپہر ڈھلے لڑکوں کی مجلس چھت پر جمی تو میں نے ممی کو بتایا:

'دیکھو، یہ لڑکے ہیں جو سارا وقت ادھر دیکھتے رہتے ہیں اور میں کچھ بھی کروں اس پر پھبتیاں کستے ہیں۔' پتہ نہیں میرے کہنے میں ایسا کیا تھا کہ ماں ایک ٹک میری طرف دیکھتی رہیں، پھر دھیرے سے مسکرائیں۔ تھوڑی دیر چھت والے لڑکوں کا معائنہ کرنے کے بعد بولیں:

'کالج کے لڑکے معلوم ہوتے ہیں۔ لیکن یہ تو ایک دم بچے ہیں۔'

دل میں آیا کہوں کہ مجھے بچے نہیں تو کیا بوڑھے چھیڑ رہیں گے ؟ لیکن تبھی ممی بولیں،
'کل شام کو ان لوگوں کو چائے پر بلا لیتے ہیں اور تم سے دوستی کروا دیتے ہیں '
میں تو حیران !
' تم انھیں چائے پر بلاؤگی ؟ ' مجھے جیسے ممی کی بات پر یقین ہی نہیں ہو رہا تھا۔
' ہاں، کیوں کیا ہوا ؟ ارے، یہ تو ہمارے زمانے میں ہوتا تھا کہ مل تو سکتے نہیں بس، دور سے ہی پھبتیاں کس کس کر تسلّی کرو۔ اب تو زمانہ بدل گیا '
میں تو اس خیال سے ہی حیرت زدہ، لگا ماں سچ مچ کوئی اونچی چیز ہیں۔ یہ لوگ ہمارے گھر میں آئیں گے اور مجھ سے دوستی کریں گے۔ اچانک مجھے لگنے لگا کہ میں بہت اکیلی ہوں اور مجھے کسی کی دوستی کی سخت ضرورت ہے۔ اس محلّے میں میرا کسی سے خاص میل جول نہیں اور گھر میں صرف ممی پاپا کے دوست ہی آتے ہیں۔
دوسرا دن میرا بہت ہی مشکل میں بیتا۔ پتہ نہیں ممّی اپنی بات پوری بھی کرتی ہیں یا یوں ہی رَو میں کہہ گئیں اور بات ختم۔ شام کو میں نے یاد دلانے کے لیے ہی کہا :
' ممّی، تم سچ مچ ہی اِن لڑکوں کو بُلانے جاؤ گی ؟ ' الفاظ تو میرے یہی تھے ورنہ انداز تو تھا کہ ممی، جاؤ نا، پلیز '
اور ممّی واقعی چلی گئیں۔ مجھے یاد نہیں، ممّی دو چار بار سے زیادہ محلّے میں کسی کے گھر گئی ہوں۔ میں سانس روک کر ان کے لوٹنے کا انتظار کرتی رہی۔ ایک عجیب سی تھرکن میں اپنے پورے جسم میں محسوس کر رہی تھی۔ کہیں ممی ساتھ ہی لیتی آئیں تو ؟ کہیں وہ ممّی سے بدتمیزی سے پیش آئے تو ؟ لیکن نہیں، وہ ایسے لگتے تو نہیں ہیں۔ کوئی گھنٹے بھر بعد ممّی لوٹیں۔ بے حد خوش۔
' مجھے دیکھتے ہی ان کی تو سٹّی پٹّی ہی گم ہو گئی۔ انھیں لگا، ابھی تک تو لوگ اپنے اپنے گھروں سے ہی ان کے لات دانت توڑنے کی دھمکی دے رہے تھے، میں جیسے سیدھے گھر ہی پہنچ گئی، ان کی ہڈی پسلی ایک کرنے۔ لیکن پھر تو اتنی خاطر کی بے چاروں نے کہ بس ! بڑے ہی سویٹ بچّے ہیں۔ باہر سے آئے ہیں ــــ ہوسٹل میں جگہ نہیں ملی اس لیے کمرہ لے کر رہ رہے ہیں۔ شام کو جب پاپا آئیں گے، تب بلوا لیں گے '

انتظار میں وقت اتنا بوجھل ہو جاتا ہے، یہ بھی میرا پہلا تجربہ تھا۔ پاپا آئے تو ممی نے بڑی اُمنگ سے ساری بات بتائی۔ سب سے کچھ الگ کرنے کا اطمینان اور فخر ان کے ہر لفظ سے جیسے چھلکا پڑ رہا تھا۔ پاپا ہی کون پیچھے رہنے والے تھے۔ انھوں نے سنا تو وہ بھی خوش۔

'بلاؤ لڑکوں کو! ارے کھیلنے کھانے دو اور مستی مارنے دو بچّوں کو،' ممی پاپا کو اپنی جدیدیت کی تسکین کا ایک زوردار موقع مل رہا تھا۔

نوکر کو بھیج کر انھیں بلوایا گیا تو اگلے ہی لمحے سب حاضر۔ ممی نے بڑے قاعدے سے تعارف کروایا اور 'ہیلو... ہائے' کا تبادلہ ہوا۔

'تنو بیٹے، اپنے دوستوں کے لیے چائے بناؤ۔'

دھت تیرے کی! ممی کے دوست آئیں تب بھی تنو چائے بنائے اور اس کے دوست آئیں تب بھی! لیکن من مار کر اٹھی۔

چلئے پانی ہوتا رہا۔ خوب ہنسی مذاق بھی چلا۔ وہ صفائی پیش کرتے رہے کہ محلّے والے جھوٹ موٹ ہی ان کے پیچھے پڑے رہتے ہیں ——— وہ تو ایسا کچھ بھی نہیں کرتے۔ 'جسٹ فار فن' کچھ کر دیا ورنہ اس سب کا کوئی مطلب نہیں۔

پاپا نے بڑھاوا دیتے ہوئے کہا، 'ارے، اس عمر میں تو یہ سب کرنا ہی چاہیے۔ ہمیں موقع ملے تو آج بھی کرنے سے باز نہ آئیں!'

ہنسی کی ایک لہر یہاں سے وہاں تک دوڑ گئی۔ کوئی دو گھنٹے بعد وہ چلنے لگے تو ممی نے کہا، 'دیکھو، اسے اپنا ہی گھر سمجھو۔ جب خواہش ہوا کرے چلے آیا کرو۔ ہماری تنّو بٹیا کو اچھی کمپنی مل جائے گی ——— کبھی تم لوگوں سے کچھ پڑھ ہی لیا کرے گی اور دیکھو، کچھ کھانے پینے کا مَن ہوا کرے تو بنا دیا کرنا، تمھارے لیے بنوا دیا کروں گی۔' اور وہ لوگ پاپا کے کھلے پن اور ممی کے اپنے پن اور محبّت سے سرشار ہوتے چلے گئے۔ بس، جس سے دوستی کروانے کے لیے انھیں بلایا گیا تھا وہ بےچاری اس تماشے کی صرف تماشائی بنی رہی۔

ان کے جانے کے بعد کافی دیر تک انھیں کا ذکر ہوتا رہا۔ اپنے گھر کی جوان لڑکی کو چھیڑنے والے لڑکوں کو گھر بلا کر چائے پلائی جائے اور لڑکی سے دوستی کروائی جائے،

یہ ساری بات ہی بڑی تھریلنگ اور سحر انگیز لگ رہی تھی۔ دوسرے دن سے ممی ہر آنے والے سے اس واقعہ کا ذکر کرتیں۔ تذکرہ کرنے میں چالاک ممی بے مزہ سے بے مزہ بات کو بھی ایسا دلچسپ بنا دیتی ہیں، پھر یہ تو بات ہی بڑی دلچسپ تھی۔ جو سنتا وہی کہتا، 'واہ' یہ ہوئی نہ کچھ بات۔ آپ کا بڑا صحت مند نظریہ ہے، چیزوں کے لیے۔ ورنہ لوگ باتیں تو بڑی بڑی کریں گے لیکن بچوں کو گھوٹ کر رکھیں گے اور ذرا سا شک وشبہ ہو جائے تو باقاعدہ جاسوسی کریں گے۔' اور ممی اس تعریف سے خوش ہوتی ہوئی کہتیں '' اور نہیں تو کیا؟ آزاد رہو اور بچوں کو آزاد رکھو۔ ہم لوگوں کو بچپن میں یہ مت کرو —— یہاں مت جاؤ —— کہہ کر کتنا باندھا گیا تھا۔ ہمارے بچے تو کم سے کم اس گھٹن کے شکار نہ ہوں۔'

لیکن ممی کا بچہ اس وقت ایک دوسری ہی گھٹن کا شکار ہو رہا تھا اور وہ یہ کہ جس ڈرامہ کی ہیروئن اُسے بننا تھا، اس کی ہیروئن ممی بن بیٹھیں۔

خیر، اس سارے واقعہ کا نتیجہ یہ ہوا کہ ان لڑکوں کا اخلاق ایک دم ہی بدل گیا۔ جس شرافت کو ممی نے اُن پر لاد دیا، اس کے مطابق عمل کرنا ان کی مجبوری بن گیا۔ اب جب بھی وہ اپنی چھت پر ممی پاپا کو دیکھتے تو ادب میں لپیٹ کر ایک نمسکار اور مجھے دیکھتے تو مسکان میں لپیٹ کر ایک 'ہائی' اچھال دیتے۔ پھبتیوں کی جگہ باقاعدہ ہماری بات چیت شروع ہو گئی —— بڑی کھلی اور بے جھجک بات چیت۔ ہمارے برامدے اور چھت میں اتنا ہی فاصلہ تھا کہ زور سے بولنے پر بات چیت کی جا سکتی تھی۔ ہاں، یہ بات ضرور تھی کہ ہماری بات چیت سارا محلہ سنتا تھا اور کافی دلچسپی سے سنتا تھا۔ جیسے ہی ہم چالو ہوتے، پاس پڑوس کی کھڑکیوں میں چار چھ سر اور دھڑ آ کر چپک جاتے۔ محلوں میں لڑکیوں کے محبت کے قصے نہ ہوں، ایسی بات تو تھی نہیں، باقاعدہ لڑکیوں کے بھاگنے تک کے حادثے ہو چکے تھے۔ لیکن وہ سب کچھ بڑے پوشیدہ اور چھپے ڈھنگ سے ہوتا تھا اور محلے والے جب اپنی پینی نظروں سے ایسے کسی راز کو جان لیتے تھے تو انھیں بڑا اطمینان ہوتا تھا۔ مرد مونچھوں پر تاؤ دے کر اور عورتیں ہاتھ نچا نچا کر، خوب نمک مرچ لگا کر ان حادثوں کا یہاں سے وہاں تک پرچار کرتیں۔ کچھ اس انداز سے کہ، ارے ہم نے دنیا دیکھی ہے ——

ہماری آنکھوں میں کوئی نہیں دھول جھونک سکتا ہے۔ لیکن یہاں حالت ہی بدل گئی تھی۔ ہماری بات چیت استنے کھلے عام ہوتی تھی کہ لوگوں کو کھڑکیوں کی اوٹ میں چھپ چھپ کر دیکھنا سننا پڑتا تھا اور سُن کر بھی ایسا کچھ ان کے ہاتھ نہیں لگتا تھا جس سے انھیں کچھ روحانی سکون ملتا۔

لیکن بات کو بڑھنا تھا اور بڑھی۔ ہوا یہ کہ دھیرے دھیرے چھت کی مجلس میرے اپنے کمرے میں جمنے لگی۔ روز ہی کبھی دو تو کبھی تین یا چار لڑکے آکر جم جاتے اور دنیا بھر کے ہنسی مذاق اور گپ شپ کا دور چلتا۔ گانا بجانا بھی ہوتا اور چائے پانی بھی۔ شام کو ممی پاپا کے دوست آتے تو ان لوگوں میں سے کوئی نہ کوئی بیٹھا ہی ہوتا۔ شروع میں جن لوگوں نے 'آزاد رہو' اور 'آزاد رکھو' کی کافی تعریف کی تھی انھوں نے آزاد رہنے کا جو روپ دیکھا تو ان کی آنکھوں میں بھی کچھ عجیب سے شبہات تیرنے لگے۔ ممی کے ایک آدھ دوست نے دبی زبان میں کہا بھی 'تنو تو بڑی فاسٹ چل رہی ہے'، ممی کا اپنا سارا حوصلہ مدھم پڑ گیا تھا اور لیک سے ہٹ کر کچھ کرنے کی ٹھرل پوری طرح جھڑ چکی تھی۔ اب تو انھیں اس ننگی سچائی کو جھیلنا تھا کہ ان کی نہایت ہی کچی اور نازک عمر کی لڑکی تین چار لڑکوں کے بیچ گھری رہتی ہے۔ اور ممی کی حالت یہ تھی کہ وہ نہ اس حالت کو پوری طرح قبول کر پا رہی تھیں اور نہ اپنے ہی ذریعہ بڑے جوش میں شروع کیے اس سلسلے کو رد ہی کر پا رہی تھیں۔

آخر ایک دن انھوں نے مجھے اپنے پاس بٹھا کر کہا، 'تنو بیٹے، یہ لوگ روز روز یہاں آکر جم جاتے ہیں۔ آخر تم کو پڑھنا لکھنا بھی تو ہے۔ میں تو دیکھ رہی ہوں کہ اس دوستی کے چکر میں تیری پڑھائی لکھائی سب چوپٹ ہوئی جا رہی ہے۔ اس طرح تو یہ سب نہیں چلے گا۔'

'رات کو پڑھتی تو ہوں۔'

'خاک پڑھتی ہے رات کو، وقت ہی کتنا ملتا ہے؟ اور پھر یہ روز روز کی دھما چوکڑی مجھے ویسے بھی پسند نہیں۔ ٹھیک ہے، چار چھ دن میں کبھی آ گئے، گپ شپ کر لی، لیکن یہاں تو ایک نہ ایک روز ہی ڈٹا رہتا ہے۔' ممی کی آواز میں غصہ گہرا ہوتا جا رہا تھا۔

ممی کی یہ ٹون مجھے اچھی نہیں لگی، لیکن میں خاموش۔

'تُو تو ان سے بہت کھل گئی ہے، کہہ دے کہ وہ لوگ بھی بیٹھ کر پڑھیں اور تجھے بھی پڑھنے دیں اور تجھ سے کہا نہ جائے تو میں کہہ دوں گی۔'

لیکن کسی کے بھی کہنے کی نوبت نہیں آئی۔ کچھ تو پڑھائی کی مار سے، کچھ دلّی کی دوسری توجہات سے کھنچ کر ہاسٹل والے لڑکوں کا آنا کم ہو گیا۔ لیکن سامنے کے کمرے سے شیکھر روز ہی آجاتا — کبھی دوپہر میں تو کبھی شام۔ تین چار لوگوں کی موجودگی میں اس کی جس بات پر میں نے دھیان نہیں دیا، وہی بات اکیلے میں سب سے زیادہ اجاگر ہو کر آئی۔ وہ بولتا کم تھا، لیکن الفاظ کے پرے بہت کچھ کہنے کی کوشش کرتا تھا اور یکایک ہی میں اس کی اَن کہی زبان سمجھنے لگی تھی — صرف سمجھنے ہی نہیں لگی تھی، جواب بھی دینے لگی تھی۔ جلدی ہی میری سمجھ میں آگیا کہ شیکھر اور میرے درمیان محبت جیسی کوئی چیز پنپنے لگی ہے۔ یوں تو شاید میں سمجھ ہی نہیں پاتی لیکن ہندی فلمیں دیکھنے کے بعد اس کو سمجھنے میں خاص دشواری نہیں ہوئی۔

جب تک دل میں کہیں کچھ نہیں تھا، سب کچھ بڑا کھلا تھا لیکن جیسے ہی 'کچھ' ہوا تو اُسے اوروں کی نظر سے بچانے کی خواہش بھی ساتھ آئی۔ جب کبھی دوسرے لڑکے آتے تو سیڑھیوں سے ہی شور کرتے آتے — زور زور سے بولتے۔ لیکن شیکھر جب بھی آتا رینگتا ہوا آتا اور سرگوشی میں ہم باتیں کرتے۔ ویسے باتیں بہت ہی معمول ہوتی تھیں — اسکول کی، کالج کی، لیکن سرگوشی میں ہی وہ کچھ خاص لگتی تھیں۔ محبت کو کچھ پراسرار، کچھ گپ چپ بنا دو تو وہ بڑا اکھر یلنگ ہو جاتا ہے ورنہ تو ایک دم سیدھا سپاٹ۔ لیکن ممی کے پاس گھر اور گھر والوں کے ہر راز جان لینے کی ایک چھٹی حس ہے جس سے پاپا بھی کافی مصروف رہتے ہیں — اس سے انھیں یہ سب سمجھنے میں ذرا بھی دیر نہیں لگی۔ شیکھر کتنا ہی دب چھپ کر آتے اور ممی گھر کے کسی بھی کونے میں ہوتیں — فوراً ظاہر ہو جاتیں یا پھر وہیں سے پوچھتیں، 'تنو، کون ہے تمھارے کمرے میں؟'

میں نے دیکھا کہ شیکھر کے اس رویے سے ممی کے چہرے پر ایک عجیب سی پریشانی جھلکنے لگی ہے۔ لیکن ممی اس بات کو لے کر یوں پریشان ہو اٹھیں گی، یہ تو میں سوچ بھی

نہیں سکتی تھی۔ جس گھر میں رات دن طرح طرح کے محبت کے قصے ہی پسے جاتے رہے ہوں — کنواروں کی محبت کے قصے، شادی شدہ کی محبت کے قصے، دو تین عاشقوں سے ایک ساتھ چلنے والے محبت کے قصے — اس گھر کے لیے تو یہ بات بہت ہی معمولی ہونی چاہیے۔ جب لڑکوں سے دوستی کی ہے تو ایک آدھ سے محبت بھی ہو ہی سکتی ہے۔ ممی نے شاید سمجھ لیا تھا کہ یہ سارے حالات آج کل کی آرٹ فلموں کی طرح چلیں گے — جن کی وہ بڑی مدّاح اور حامی ہیں — لیکن جن میں شروع سے لے کر آخر تک کچھ بھی سنسنی خیز واقع ہوتا ہی نہیں۔

جو بھی ہو ممی کی اس پریشانی نے مجھے بھی کہیں ہلکے سے ضرور ڈگمگا دیا۔ ممی میری ماں ہی نہیں، دوست اور سہیلی بھی ہیں۔ دو گہرے دوستوں کی طرح ہی، ہم دنیا جہان کی باتیں کرتے ہیں --- ہنسی مذاق کرتے ہیں۔ میں چاہتی تھی کہ وہ اس بارے میں بھی کوئی بات کریں، لیکن انھوں نے کوئی بات نہیں کی۔ بس، جب شیکھر آتا تو وہ اپنی مزاجی لاپروائی چھوڑ کر بڑے احتیاط سے میرے کمرے کے ارد گرد ہی منڈراتی رہتیں۔

ایک دن ممی کے ساتھ باہر جانے کے لیے نیچے اتری تو دروازے پر ہی پڑوس کی ایک معزز خاتون سے ٹکرا گئی۔ آداب اور خیر خیریت کے بعد وہ بات کی اصل مدّعا پر آ گئیں۔

'یہ سامنے کی چھت والے لڑکے آپ کے رشتہ دار ہیں کیا؟'

'نہیں تو!'

''اچھا؟ شام کو روز آپ کے گھر بیٹھے رہتے ہیں تو سوچا آپ کے ضرور کچھ لگتے ہوں گے۔'

'تنو کے دوست ہیں۔' ممی نے کچھ ایسی لاپروائی اور بغیر جھجک کے یہ جملہ اچھالا کہ بے چاری تیر نشانے پر نہ لگنے کا غم لیے ہی لوٹ گئیں۔

وہ لوٹ تو گئیں لیکن مجھے لگا کہ اس بات کا سرا پکڑ کر ہی ممی اب ضرور میری تھوڑی دُھنائی کر دیں گی۔ کہنے والی کا تو کچھ نہ بنا لیکن میرا کچھ بگاڑنے کا ہتھیار تو ممی کے ہاتھ میں آ ہی گیا۔ بہت دنوں سے ان کے اپنے دل میں کچھ امڑ گھمڑ تو رہا ہی ہے لیکن ممی نے اتنا ہی کہا:

'لگتا ہے اِن کے اپنے گھر میں کوئی دھندہ نہیں ہے — جب دیکھو دوسرے کے گھر میں چونچ گڑائے بیٹھے رہتے ہیں'

میں مطمئن ہی نہیں ہوئی بلکہ ممّی کی طرف سے اسے ہرا سگنل سمجھ کر میں نے اپنی رفتار کچھ اور تیز کر دی۔ لیکن اتنا ضرور کیا کہ شیکھر کے ساتھ تین گھنٹوں میں سے ایک گھنٹہ ضرور پڑھائی میں گزارتی۔ وہ بہت جی لگا کر پڑھاتا اور میں بہت جی لگا کر پڑھتی۔ ہاں بیچ بیچ میں وہ کاغذ کی چھوٹی چھوٹی پرچیوں پر کچھ ایسی سطریں لکھ کر تھما دیتا کہ میں اندر تک جھن جھنا جاتی۔ اس کے جانے کے بعد بھی ان سطروں کے وہ لفظ — الفاظ کے پیچھے مقصد، میری رگ رگ میں سنسناتے اور میں انھیں میں ڈوبی رہتی۔

میرے اندر اپنی ہی ایک دنیا بہتی جا رہی تھی بڑی بھرپور اور رنگین۔ آج کل مجھے کسی کی ضرورت ہی محسوس نہیں ہوتی۔ لگتا جیسے میں اپنے میں ہی پوری ہوں۔ ہمیشہ ساتھ رہنے والی ممّی بھی آؤٹ ہوتی جا رہی ہیں اور شاید یہی وجہ ہے کہ ادھر میں نے ممّی پر دھیان دینا ہی چھوڑ دیا ہے۔ روزمرّہ کی باتیں تو ہوتی ہیں — اس کے پرے کہیں کچھ نہیں۔

دن گزرتے جا رہے تھے اور میں اپنے میں ہی ڈوبی اپنی دنیا میں اور گہرے پھنستی جا رہی تھی — باہر کی دنیا سے ایک طرح سے بے خبر سی۔

ایک دن اسکول سے لوٹی، کپڑے بدلے، شور شرابے کے ساتھ کھانا مانگا، میم میخ کے ساتھ کھایا اور جب کمرے میں داخل ہوئی تو ممی نے لیٹے ہی لیٹے بلایا:

'تنو، ادھر آؤ۔'

پاس آئی تو پہلی بار دھیان گیا کہ ممی کا چہرہ تمتما رہا ہے۔ میرا ماتھا ٹھنکا۔ انھوں نے سائڈ ٹیبل پر سے ایک کتاب اٹھائی اور اس میں سے کاغذ کی پانچ چھ پرچیاں سامنے کر دیں۔ 'توبہ!' ممی سے کچھ پڑھنا تھا سو جاتے وقت انھیں اپنی کتاب دے گئی تھی۔ غلطی سے شیکھر کی لکھی پرچیاں اسی میں رہ گئیں۔

'تو اس طرح چل رہی ہے شیکھر اور تمھاری دوستی! یہی پڑھائی ہوتی ہے یہاں بیٹھ کر — یہی سب کرنے کے لیے آتا ہے وہ یہاں؟'

میں خاموش۔ جانتی ہوں غصے میں ممّی کو جواب دینے سے بڑھ کر بیوقوفی اور

کوئی نہیں۔

'تم کو چھوٹ دی — آزادی دی، لیکن اس کا یہ مطلب تو نہیں کہ تم اس کا ناجائز فائدہ اٹھاؤ۔'

میں پھر بھی چپ۔

'بالشت بھر کی لڑکی اور کرتب دیکھو اس کے۔ جتنی چھوٹ دی اتنے ہی پیر پسرتے جا رہے ہیں اس کے۔ تھپڑ دوں گی تو سارا رومانس جھڑ جائے گا دو منٹ میں —'

اس جملے پر میں یکایک تلملا اٹھی۔ ٹھٹک کر نظر اٹھائی اور ممّی کی طرف دیکھا — لیکن یہ کیا، یہ تو میری ممی نہیں ہیں۔ نہ یہ تیور ممی کا ہے نہ یہ زبان۔ پھر بھی یہ سارے جملے بڑے معروف سے لگے۔ لگا، یہ سب میں نے کہیں سنا ہے اور فوراً میرے من میں کوندھا — نانا۔ لیکن نانا کو مرے تو کتنے سال ہو گئے، یہ پھر زندہ کیسے ہو گئے؟ اور وہ بھی ممی کے اندر — جو ہوش سنبھالنے کے بعد ہمیشہ ان سے جھگڑا ہی کرتی رہیں — ان کی ہر بات کی مخالفت ہی کرتی رہیں۔

ممّی کا 'نانائی' لہجہ والا بھاشن، کافی دیر تک چالو رہا، لیکن وہ سب مجھے کہیں سے بھی چھو نہیں رہا تھا — بس، کوئی بات جھنجھوڑ رہی تھی تو یہ کہ ممّی کے اندر نانا کیسے آ بیٹھے؟

اور پھر گھر میں ایک عجیب سی تناؤ والی خاموشی چھا گئی۔ خاص کر میرے اور ممّی کے درمیان۔ نہیں، ممی تو گھر میں رہی ہی نہیں، میرے اور نانا کے درمیان۔ میں ممّی کو اپنی بات سمجھا بھی سکتی ہوں، ان کی بات سمجھ بھی سکتی ہوں — لیکن نانا؟ میں تو اس زبان سے بھی ناواقف ہوں اور اس کے تیور سے بھی — بات کرنے کا سوال ہی کیسے اٹھتا؟ پاپا ضرور میرے دوست ہیں، لیکن بالکل دوسری طرح کے۔ شطرنج کھیلنا، پنجہ لڑانا اور جو فرمائش ممّی پوری نہ کریں، ان سے پوری کروا لینا۔ بچپن میں ان کی پیٹھ پر لدی رہتی تھی اور آج بھی بنا کسی جھجک کے ان کی پیٹھ پر لد کر اپنی ہر خواہش پوری کروا لیتی ہوں۔ لیکن اتنے 'مائی ڈیر دوست' ہونے کے باوجود اپنی ذاتی باتیں میں ممّی کے ساتھ ہی کرتی آئی ہوں۔ اور وہاں ایک دم

سناٹا ــــ ممی کو پٹخنی دے کر نانا پوری طرح ان پر سوار ہو ہیں۔
شیکھر کو میں نے اشارے سے ہی لال جھنڈی دکھا دی تھی اس لیے وہ بھی نہیں آ رہا اور شام کا وقت ہے مجھ سے کاٹے نہیں کٹتا۔
کئی بار جی میں آیا کہ جا کر ممی سے بات کروں اور صاف صاف پوچھوں کہ تم اتنا بگڑ کیوں رہی ہو؟ میری اور شیکھر کی دوستی کے بارے میں تم جانتی تو ہو۔ میں نے تو کبھی کچھ چھپایا نہیں، اور دوستی ہے تو یہ سب تو ہوگا ہی۔ تم کیا سمجھ رہی تھیں کہ ہم بھائی بہن کی طرح ــــ لیکن تبھی خیال آتا کہ ممی ہیں ہی کہاں، جن سے جا کر یہ سب کہوں۔
چار دن ہو گئے، میں نے شیکھر کی صورت تک نہیں دیکھی۔ میرے ہلکے سے اشارے سے ہی اس بے چارے نے تو گھر کیا، چھت پر آنا بھی چھوڑ دیا۔ ہوسٹل میں رہنے والے اس کے ساتھی بھی چھت پر نہ دکھائی دیئے، نہ گھر ہی آئے۔ کوئی آتا تو کم سے کم اس کا حال چال ہی پوچھ لیتی۔ میں جانتی ہوں وہ بیوقوفی کی حد تک جذباتی ہے۔ اسے تو ٹھیک سے یہ بھی نہیں معلوم کہ آخر یہاں ہوا کیا ہے؟ لگتا ہے ممی کے غصے کے شبہے سے ہی سب کے حوصلے پست ہو گئے تھے؟
ویسے کل سے ممی کے چہرے کا تناؤ کچھ ڈھیلا ضرور ہوا ہے۔ دو تین دن سے جمی ہوئی سختی جیسے پگھل گئی ہو۔ لیکن میں نے طے کر لیا ہے کہ بات اب بھی ممی ہی کریں گی۔
سویرے نہا دھو کر میں دروازے کے پیچھے اپنی یونیفارم پریس کر رہی تھی۔ باہر میز پر ممی چائے بنا رہی تھیں اور پاپا اخبار میں سر گڑائے بیٹھے تھے۔ ممی کو شاید معلوم ہی نہیں پڑا کہ میں کب نہا دھو کر باہر نکل آئی۔ وہ پاپا سے بولیں۔
'جانتے ہو کل رات کو کیا ہوا؟ پتہ نہیں، تب سے من بہت خراب ہو گیا ــــ اس کے بعد میں تو سو ہی نہیں پائی۔'
ممی کی آواز کی نرمی سے میرا ہاتھ جہاں کا تہاں تھم گیا اور کان باہر لگ گئے۔
'آدھی رات کے قریب میں باتھ روم جانے کے لیے اٹھی۔ سامنے چھت پر گھپ اندھیرا چھایا ہوا تھا۔ اچانک ایک لال ستارہ چمک سا اٹھا۔ میں چونکی۔ غور سے دیکھا تو دھیرے دھیرے ایک عکس ابھر آیا۔ شیکھر چھت پر کھڑا سگریٹ پی رہا

تھا۔ میں چپ چاپ لوٹ آئی۔ کوئی دو گھنٹے بعد پھر گئی تو دیکھا وہ اسی طرح چھت پر ٹہل رہا تھا بے چارہ۔ میرا مَن جانے کیسا ہو آیا۔ تو بھی کیسی بجھی بجھی رہتی ہے —۔ پھر جیسے خود کو دھتکارتی سی بولیں — 'پہلے تو چھوٹ دو اور جب آگے بڑھیں تو کھینچ کر چاروں خانے چت کر دو۔ یہ بھی کوئی بات ہوئی بھلا!'

راحت کی ایک گہری سانس میرے اندر سے نکل پڑی۔ جانے کیسا جذبہ دل میں امڑا کہ خواہش ہوئی کہ دوڑ کر ممی کے گلے سے لگ جاؤں۔ لگا جیسے عرصہ کے بعد میری ممی لوٹ کر آئی ہوں۔ لیکن میں نے کچھ نہیں کہا۔ بس، اب کھل کر بات کرونگی۔ چار دن سے نہ جانے کتنے سوال دل میں امڑ رہے تھے۔ اب کیا، اب تو ممی ہیں اور ان سے تو کم سے کم سب کہا پوچھا جا سکتا ہے۔

لیکن گھر پہنچ کر جو دیکھا تو حیران۔ شیکھر ہتھیلیوں میں سر تھامے کرسی پر بیٹھا ہے اور ممّی اسی کرسی کے ہتھے پر بیٹھی اس کی پیٹھ اور ماتھا سہلا رہی ہیں۔ مجھے دیکھتے ہی بڑے سیدھے اور فطری آواز میں بولیں،

' دیکھا، اس پگلے کو۔ چار دن سے یہ صاحب کالج نہیں گئے ہیں۔ نہ ہی کچھ کھایا پیا ہے۔ اپنے ساتھ اس کا بھی کھانا لگوانا!'

اور پھر خود ممّی نے بیٹھ کر بڑی محبّت سے منّتیں کر کے اسے کھانا کھلایا۔ کھانے کے بعد کہنے پر بھی شیکھر ٹھہرا نہیں۔ ممّی کے لیے احسان کے بوجھ سے جُھکا جُھکا ہی وہ لوٹ گیا اور میرے اندر خوشی کا ایک ایسا جوار ابھرا کہ اب تک کے سوچے سارے سوال اسی میں گم ہو گئے۔

سارے حالات کو وقت پر آنے میں وقت تو لگا، لیکن آگیا۔ شیکھر نے بھی اب ایک دو دن چھوڑ کر آنا شروع کیا اور آتا بھی تو ہم زیادہ تر لکھنے پڑھنے کی ہی بات کرتے۔ اپنے کیے پر شرمندگی ظاہر کرتے ہوئے اس نے ممّی سے وعدہ کیا کہ وہ اب کوئی ایسا کام نہیں کرے گا، جس سے ممّی کو شکایت ہو۔ جس دن وہ نہیں آتا، میں دو تین بار تھوڑی دیر کے لیے اپنے برامدے سے ہی بات کر لیا کرتی۔ گھر کی اجازت اور تعاون سے یوں سرِ عام چلنے والے اس عشق میں محلّے والوں کے لیے بھی کچھ نہیں رہ گیا تھا اور انھوں نے اس جان لیوا زمانے کے نام دو

چار لعنتیں بھیج کر، کسی گل کھلنے تک کے لیے اپنی دلچسپی کو ملتوی کر دیا تھا۔

لیکن ایک بات تو میں نے ضرور دیکھی۔ جب بھی شیکھر شام کو کچھ زیادہ دیر تک بیٹھ جاتا یا دوپہر میں بھی آ نا تو ممی کے اندر نانا کسمسانے لگتے اور اس کا ردِ عمل ممی کے چہرے پر جھلکنے لگتا۔ ممی حتی الامکان کوشش کر کے نانا کو بولنے تو نہیں دیتیں، لیکن انھیں پوری طرح ہٹا دینا بھی شاید ممی کے بس کی بات نہیں رہ گئی تھی۔

ہاں، یہ قصہ میرے اور ممی کے درمیان میں اب روزمرّہ کی گفتگو کا موضوع ضرور بن گیا تھا۔ کبھی وہ مذاق میں کہتیں ــــ 'یہ جو تیرا شیکھر ہے نا، بڑا لجلجا سا لڑکا ہے۔ ارے، اس عمر کے لڑکوں کو چاہیے گھومیں، پھریں ــــ مستی ماریں۔ کیا محرمی سی صورت بنائے مجنوں کی طرح چھت پر ٹنگا سارا وقت اِدھر ہی تاکتا رہتا ہے!'

میں صرف ہنس دیتی۔

کبھی بڑی جذباتی ہو کر کہتیں ــــ 'تو کیوں نہیں سمجھتی بیٹے، کہ تجھے لے کر کتنی خواہشیں ہیں میرے دل میں۔ تیرے مستقبل کو لے کر کتنے سپنے سنجو رکھے ہیں میں نے!'

میں ہنس کر کہتی ــــ 'ممی، تم بھی کمال کرتی ہو۔ اپنی زندگی کو لے کر بھی تم سپنے دیکھو اور میری زندگی کے سپنے بھی تمھیں دیکھ ڈالو ــــ کچھ سپنے میرے لیے بھی چھوڑ دو۔'

کبھی وہ سمجھانے کے لہجے میں کہتیں ــــ 'دیکھو تنو، ابھی تم بہت چھوٹی ہو۔ اپنا سارا دھیان پڑھنے لکھنے میں لگاؤ اور دماغ سے یہ الٹے سیدھے فتور نکال ڈالو۔ ٹھیک ہے بڑے ہو جاؤ تو عشق بھی کرنا اور شادی بھی۔ میں تو ویسے بھی تمھارے لیے لڑکا ڈھونڈنے والی نہیں ہوں ــــ اپنے آپ ہی ڈھونڈنا، لیکن اتنی عقل تو آجائے کہ ڈھنگ کا انتخاب کر سکو۔'

اپنے انتخاب کے ریجکشن کو میں بجھ جاتی اور پوچھتی ــــ 'اچھا، ممی بتاؤ، جب تم نے پاپا کو چُنا تھا تو وہ نانا کو پسند تھا؟'

'میرا انتخاب! اپنی ساری پڑھائی لکھائی ختم کر کے پچیس سال کی عمر میں انتخاب کیا تھا میں نے ــــ خوب سوچ سمجھ کر اور عقل کے ساتھ، سمجھی!'

ممی اپنی بوکھلاہٹ کو غصّے میں چھپا کر کہتیں۔ عمر اور پڑھائی لکھائی ــــ یہ

رو ہی تو ایسی چیزیں ہیں جس پر ممی مجھے جب تب ڈانٹتی رہتی ہیں۔ پڑھنے لکھنے میں میں اچھی تھی اور رہا عمر کا سوال، سو اس کے لیے جی میں آتا کہ کہوں ——— 'ممی، تمھاری نسل جو کام پچیس سال کی عمر میں کرتی تھی، ہماری اُسے پندرہ سال کی عمر میں ہی کرے گی، اسے تم کیوں نہیں سمجھتی۔ لیکن خاموش رہ جاتی۔ نانا کا ذکر تو چل ہی پڑا ہے، کہیں وہ بھی جاگ اٹھے تو۔

ششماہی امتحان قریب آگیا تھا اور میں نے سارا دھیان پڑھنے میں لگا دیا تھا۔ سب کا آنا اور گانا بجانا ایک دم بند۔ ان دنوں میں نے اتنی جم کر پڑھائی کی کہ ممی خوش ہو گئیں۔ شاید کچھ مطمئن بھی۔ آخری پیپر دینے کے بعد لگ رہا تھا کہ، ایک بوجھ تھا جو ہٹ گیا ہے۔ من بے حد ہلکا ہو کر کچھ مستی مارنے کو کر رہا تھا۔ میں نے ممی سے پوچھا ———

'ممی، کل شیکھر اور دیپک پکچر جا رہے ہیں، میں بھی ساتھ چلی جاؤں؟' آج تک میں اُن لوگوں کے ساتھ کبھی گھومنے نہیں گئی تھی ——— لیکن اتنی پڑھائی کرنے کے بعد اب اتنی چھوٹ تو ملنی ہی تھی۔

ممی لمحے بھر میرا چہرہ دیکھتی رہیں، پھر بولیں ——— 'ادھر آ، یہاں بیٹھ، تجھ سے کچھ بات کرنی ہے۔'

میں جا کر بیٹھ گئی لیکن یہ نہیں سمجھ پایا کہ اس میں بات کرنے کو کیا ہے ——— ہاں کہو یا نا۔ لیکن ممی کو بات کرنے کا مرض جو ہے۔ ان کی تو ہاں، نا بھی پچاس ساٹھ جملوں میں لپیٹے بنا نہیں نکل سکتی۔

'تیرے امتحان ختم ہوئے، میں تو خود پکچر کا پروگرام بنا رہی تھی۔ کون کون سی پکچر دیکھنا چاہتی ہے؟'

'کیوں، ان لوگوں کے ساتھ جانے میں کیا ہے؟' میری آواز میں اتنی جھلاہٹ بھری ہوئی تھی کہ ممی ایک ٹک میرا چہرہ ہی دیکھتی رہ گئیں۔

'تنو، تجھے پوری چھوٹ دے رکھی ہے بیٹے، لیکن اتنا ہی تیز چل کہ میں بھی ساتھ چل سکوں۔'

'تم صاف کہو نہ، کہ جانے دو گی یا نہیں؟ بیکار کی باتیں ——— میں بھی ساتھ چل سکوں

—— تمھارے ساتھ چل سکنے کی بات بھلا کہاں سے آگئی۔

ممی نے پیٹھ سہلاتے ہوئے کہا —— ' ساتھ تو چلنا ہی پڑے گا۔ کبھی اوندھے منہ گری تو اٹھانے والا بھی چاہیے نا۔'

میں سمجھ گئی کہ ممی نہیں جانے دیں گی، لیکن اس طرح پیار سے منع کرتی ہیں تو جھگڑا بھی تو نہیں کیا جا سکتا۔ بحث کرنے کا سیدھا سا مطلب ہے کہ ان کا جھاڑا ہوا فلسفہ سنو —— یعنی پچاس منٹ کی ایک کلاس۔ لیکن میں قطعی نہیں سمجھ پائی کہ جانے میں آخر حرج کیا ہے؟ ہر بات میں نا، نوں۔ کہاں تو کہتی تھیں کہ بچپن میں یہ مت کرو، یہاں مت جاؤ، ہم کو بہت ڈانٹا گیا تھا اور خود اب سب کر رہی ہیں۔ دیکھ لیا ان کی بڑی بڑی باتوں کو۔ میں اٹھی اور دندناتی ہوئی اپنے کمرے میں آگئی۔ ہاں، ایک جملہ ضرور تھما آئی —— ' ممی، جو چلے گا، وہ گرے گا بھی اور جو گرے گا، وہ اٹھے گا بھی اور خود ہی اٹھے گا، اسے کسی کی ضرورت نہیں ہے۔'

پتہ نہیں میری بات کا ان پر کیا ردِ عمل ہوا یا ان کے اپنے من میں ہی کچھ لگا کہ شام کو انھوں نے خود شیکھر اور اس کے کمرے پر آئے تینوں، چاروں لڑکوں کو بلوا کر میرے ہی کمرے میں مجلس جموائی اور خوب گرم گرم کھانا کھلایا۔ کچھ ایسا رنگ جما کہ میرا دوہرا والا غصّہ ڈھل گیا۔

امتحان ختم ہو گئے تھے اور موسم سہانا تھا۔ ممی کا رویّہ بھی موافق تھا اس لیے دوستوں کا ملتوی ہوا سلسلہ پھر سے شروع ہو گیا اور آج کل تو جیسے اس کے سوا کچھ رہ ہی نہیں گیا تھا۔ لیکن پھر ایک جھٹکا۔

اس دن میں اپنی سہیلی کے گھر سے لوٹی تو ممی کی سخت آواز سنائی دی ——

'تنو ادھر آؤ تو۔'

آواز سے ہی لگا کہ یہ خطرے کا سگنل ہے۔ ایک پل کو میں سکتے میں آگئی۔ پاس گئی تو چہرہ پہلے کی طرح سخت۔

'تم شیکھر کے کمرے میں جاتی ہو؟' ممی نے بندوق داغی۔ سمجھ گئی کہ پیچھے گلی میں سے کسی نے اپنا کرتب کر دکھایا۔

'کب سے جاتی ہو؟'

۔ ئی میں آیا کہ کہوں جس نے جانے کی خبر دی، اس نے باقی باتیں بھی بتا ہی دی ہوں گی ـــــ کچھ جوڑ توڑ کر ہی بتایا ہوگا۔ لیکن ممی جس طرح بھبھک رہی تھیں، اس میں چپ رہنا ہی بہتر سمجھا۔ ویسے مجھے ممی کے اس غصّے کی کوئی وجہ سمجھ میں نہیں آرہی تھی۔ دو تین بار اگر میں تھوڑی دیر کے لیے شیکھر کے کمرے پر چلی گئی تو ایسا کیا گناہ ہوگیا۔ لیکن ممی کا ہر کام وجہ سے تو ہوتا نہیں ـــــ بس، وہ تو موڈ پر ہی چلتی ہیں۔

عجیب مصیبت تھی ـــــ غصّے میں ممی سے بات کرنے کا کوئی مطلب نہیں... اور میری خاموشی ممی کے غصّے کو اور بھڑکا رہی تھی۔

'یاد نہیں ہے، میں نے شروع میں ہی تمھیں منع کر دیا تھا کہ تم ان کے کمرے پر کبھی نہیں جاؤ گی۔ تین تین گھنٹے وہ یہاں دھونی رما کر بیٹھتا ہے؛ اس میں جی بھرا نہیں تمھارا؟'

دکھ، غصہ اور دہشت کی پرتیں ان کے چہرے پر گہری ہوتی جارہی تھیں اور میں سمجھ ہی نہیں پا رہی تھی کہ کیسے انھیں ساری صورت حال سے آگاہ کروں؟

'وہ تو بے چاری سامنے والی نے مجھے بلاکر آگاہ کر دیا ـــــ جانتی ہے، یہ سر آج تک کسی کے سامنے جھکا نہیں، لیکن وہاں مجھ سے آنکھ نہیں اٹھائی گئی۔ منہ دکھانے لائق مت رکھنا ہم کو کہیں بھی۔ ساری گلی میں تھو تھو ہو رہی ہے۔ ناک کٹا کر رکھ دی۔'

غضب! اس بار تو سارا محلہ ہی بولنے لگا ممی کے اندر سے۔ حیرت ہے کہ جو ممی آج تک اپنے آس پاس سے بالکل کٹی ہوئی تھی... جس کا مذاق ہی اڑایا کرتی تھی ـــــ آج کیسے اس کے سُر میں سُر ملا کر بول رہی ہیں۔

ممی کا بھاشن بدستور چالو ـــــ لیکن میں نے تو اپنے کان کے سوئچ ہی آف کر لیے۔ جب غصہ ٹھنڈا ہوگا ـــــ ممی اپنے میں لوٹ آئیں گی تب سمجھا دوں گی ـــــ ممی، اس چھوٹی سی بات کو تم ناحق اتنا طول دے رہی ہو۔

لیکن جانے کیسی ڈوز لے آئی ہیں اس بار کہ ان کا غصہ ٹھنڈا ہی نہیں ہو رہا ہے اور ہوا یہ کہ اب مجھے ان کے غصّے سے غصہ چڑھنے لگا۔

پھر گھر میں ایک عجیب سا تناؤ بڑھ گیا۔ اس بار ممی نے شاید پاپا کو بھی سب کچھ بتا دیا ہے۔ کہا تو انھوں نے کچھ نہیں۔ وہ شروع سے ہی اس سارے معاملے میں آؤٹ ہی رہے ہے —— لیکن اس بار ان کے چہرے پہ بھی ایک ان کہا سا تناؤ دکھائی ضرور دے رہا ہے۔

کوئی دو مہینے پہلے جب اس طرح کا حادثہ ہوا تھا تو میں اندر تک سہم گئی تھی، لیکن اس بار میں نے طے کر لیا ہے کہ اس سارے معاملے میں اگر ممی کو نانا بن کر ہی اخلاق کرنا ہے تو پھر مجھے بھی ممی کی طرح ہی مورچہ لینا ہوگا ان سے —— اور میں ضرور لوں گی۔ دکھا تو دوں کہ میں تمھاری بیٹی ہوں اور تمھارے ہی نقش قدم پر چلی ہوں۔ خود تو لیک سے ہٹ کر چلی تھیں —— ساری زندگی اس بات کی گھٹی پلاتی رہی، لیکن جیسے ہی میں نے اپنا پہلا قدم رکھا، گھسیٹ کر مجھے اپنی ہی کھینچی لیک پر لانے کے حربے شروع ہو گئے۔

میں نے دل میں بہت ساری دلیلیں سوچ ڈالیں کہ ایک دن باقاعدہ ممی سے بحث کروں گی۔ صاف صاف کہوں گی کہ ممی اتنے ہی بندھن لگا کر رکھنا تھا تو شروع سے ویسے پالتیں۔ کیوں جھوٹ موٹ آزادی دینے کی باتیں کر تیں سکھاتی رہیں۔ لیکن اس بار میرا بھی من سلگ کر اس طرح راکھ ہو گیا تھا کہ میں گم صم سی اپنے ہی کمرے میں پڑی رہتی۔ جی بہت بھر آتا تو رو لیتی۔ گھر میں سارے دن ہنستی کھل کھلاتی رہنے والی میں ایک دم چپ ہو کر اپنے میں ہی سمٹ گئی تھی۔ ہاں، میں بھی اپنے من کی ہی کروں گی۔ حالاں کہ دل میں کیا ہے، اس کا کوئی بھی خد و خال میرے سامنے نہیں تھا۔

مجھے نہیں معلوم کہ ان تین چار دنوں میں باہر کیا ہوا؟ گھر باہر کی دنیا سے کٹی، اپنے ہی کمرے میں سمٹی، میں ممی سے مورچہ لینے کے داؤں سوچ رہی تھی۔

لیکن آج دوپہر مجھے قطعی اپنے کانوں پر یقین نہیں ہوا، جب میں نے ممی کو اپنے برامدے سے ہی چیختے ہوئے سنا ——

'شیکھر، کل تم لوگ چھٹیوں میں اپنے گھر چلے جاؤ گے، آج شام اپنے دوستوں کے ساتھ کھانا ادھر ہی کھانا۔'

نہیں جانتی کہ کس جدوجہد سے گزر کر ممی اُس حالت پر پہنچی ہوں گی ۔

اور رات کو شیکھر، دیپک اور روی کے ساتھ کھانے کی میز پر ڈٹا ہوا تھا ۔ ممی اتنے ہی خلوص سے کھانا کھلا رہی تھیں ... پاپا ویسے ہی کھلے ڈھنگ سے مذاق کر رہے تھے، جیسے بیچ میں کچھ ہوا ہی نہیں ۔ آس پاس کی کھڑکیوں میں دو چار سر چپکے ہوئے تھے ۔ سب کچھ پہلے کی طرح بہت ہی سیدھا سادا اور فطری ہو گیا تھا...

صرف میں ہی ان سارے حالات سے ایک دم بے حس یہی سوچ رہی تھی کہ نانا پوری طرح نانا تھے ۔—— سو فی صد اور اسی سے ممّی کے لیے لڑنا کتنا آسان ہو گیا ہو گا ۔ لیکن ان ممی سے لڑا بھی کیسے جائے جو ایک پل نانا ہو کر جیتی ہیں تو ایک پل ممّی ہو کر ۔

اوشا پرینودا

واپسی

گجادھر بابو نے کمرے میں جمع سارے سامان پر ایک نظر دوڑائی —— دو بکس، ڈولچی، بالٹی —— 'یہ ڈبّہ کیسا ہے گنیشی؟' انھوں نے پوچھا۔ گنیشی بستر باندھتا ہوا، کچھ فخر، کچھ دکھ، کچھ شرم سے بولا 'گھر والی نے ساتھ کو کچھ بیسن کے لڈو رکھ دیے ہیں، کہا، بابو جی کو پسند تھے۔ اب کہاں، ہم غریب لوگ، آپ کی کچھ خاطر کر پائیں گے!' گھر جانے کی خوشی میں گجادھر بابو کو ایک تلخی کا سا احساس ہوا، جیسے ایک جانا پہچانا، مخلص، قابلِ احترام، سیدھے سادے سنسار سے ان کا ناتہ ٹوٹ رہا ہو۔

'کبھی کبھی ہم لوگوں کی بھی خبر لیتے رہیے گا۔' گنیشی بستر میں رسّی باندھتا ہوا بولا۔

'کبھی کچھ ضرورت ہو تو لکھنا گنیشی۔ اس اگھن تک بٹیا کی شادی کر دو۔'

گنیشی نے انگوچھے کے کنارے سے آنکھیں پونچھیں، 'اب آپ لوگ سہارا نہ دیں گے تو کون دے گا؟ آپ یہاں رہتے تو شادی میں کچھ حوصلہ رہتا۔'

گجادھر بابو چلنے کو تیار بیٹھے تھے۔ ریلوے کوارٹر کا یہ کمرہ، جس میں انھوں نے کتنے برس بتائے تھے، ان کا سامان ہٹ جانے سے بدشکل اور ننگا لگ رہا تھا۔ آنگن میں روپے پودے بھی جان پہچان کے لوگ لے گئے تھے، اور جگہ جگہ مٹی بکھری ہوئی تھی۔ لیکن بیوی بچوں کے ساتھ رہنے کے تصور سے یہ جاتی ہوئی ایک کمی ... طرح اٹھ کر غائب ہو گئی۔

گجادھر بابو خوش تھے۔ پینتیس سال کی نوکری کے بعد ریٹائر ہو کر جا رہے تھے۔ ان برسوں میں زیادہ تر وقت انھوں نے اکیلے رہ کر کاٹا تھا۔ ان تنہائی کے لمحوں میں انھوں نے اسی وقت کا تصور کیا تھا، جب وہ اپنے خاندان کے ساتھ رہ سکیں گے۔ اسی امید کے سہارے وہ اپنی کمی کا بوجھ ڈھو رہے تھے۔ دنیا کی نگاہوں میں ان کی زندگی کامیاب کہی جاسکتی تھی۔ انھوں نے شہر میں ایک مکان بنوا لیا تھا، بڑے لڑکے امر اور لڑکی کانتی کی شادیاں کر دی تھیں، دو بچے اونچے درجوں میں پڑھ رہے تھے۔ گجادھر بابو نوکری کی وجہ سے اکثر چھوٹے اسٹیشنوں پر رہے اور ان کے بچے اور بیوی شہر میں، جس سے پڑھائی میں حرج نہ ہو۔ گجادھر بابو مزاج سے بہت ہی مخلص انسان تھے اور خلوص کے متمنی بھی۔ جب خاندان ساتھ تھا ڈیوٹی سے لوٹ کر بچوں سے ہنستے بولتے، بیوی سے کچھ ہنسی مذاق کرتے ان سب کے چلے جانے سے ان کی زندگی میں گہرا سوناپن بھر اٹھا۔ خالی لمحوں میں ان سے گھر میں رکا نہ جاتا۔ شاعر مزاج نہ ہونے پر بھی انھیں بیوی کی محبت بھری باتیں یاد آتی رہتیں۔ دوپہر میں گرمی ہونے پر بھی، دو بجے تک آگ جلائے رہتی اور ان کے اسٹیشن سے واپس آنے پر گرم گرم روٹیاں سینکتی ... ان کے کھا چکنے اور منع کرنے کے بعد بھی تھوڑا سا کچھ اور تھالی میں پروس دیتی اور بڑے پیار سے اصرار کرتی۔ جب وہ تھکے ہارے باہر سے آتے، تو ان کی آہٹ پا کر وہ رسوئی کے دروازے پر نکل آتی اور ان کی شرمیلی آنکھیں مسکرا اٹھتیں۔ گجادھر بابو کو تب ہر چھوٹی بات بھی یاد آتی اور وہ اداس ہو اٹھتے ... اب کتنے برسوں بعد وہ موقع آیا تھا، جب وہ پھر اسی محبت اور احترام کے درمیان رہنے جا رہے تھے۔

ٹوپی اتار کر گجادھر بابو نے چارپائی پر رکھ دی، جوتے کھول کر نیچے کھسکا دیئے، اندر سے رہ کر قہقہوں کی آواز آرہی تھی۔ اتوار کا دن تھا اور ان کے سب بچے اکٹھے ہو کر ناشتہ کر رہے تھے۔ گجادھر بابو کے سوکھے چہرے پر ہلکی مسکان آگئی، اسی طرح مسکراتے ہوئے وہ بغیر کھانسے اندر چلے گئے۔ انھوں نے دیکھا کہ نریندر کمر پر ہاتھ رکھے شاید گزشتہ رات کی فلم میں دیکھے گئے کسی رقص کی نقل کر رہا تھا اور بسنتی ہنس ہنس کر دہری ہو رہی تھی۔ امر کی بہو کو اپنے تن بدن، آنچل یا گھونگھٹ

کا کوئی ہوش نہ تھا اور وہ کھلے روپ سے ہنس رہی تھی۔ گجادھر بابو کو دیکھتے ہی نریندر دھپ سے بیٹھ گیا اور چائے کا پیالہ اٹھا کر منہ سے لگا لیا۔ بہو کو ہوش آیا اور اس نے جھٹ سے ماتھا ڈھک لیا، صرف بسنتی کا جسم رہ رہ کر ہنسی دبانے کی کوشش میں ہلتا رہا۔

گجادھر بابو نے مسکراتے ہوئے ان لوگوں کو دیکھا۔ پھر کہا، 'کیوں نریندر، کیا نقل ہو رہی ہے؟' 'کچھ نہیں بابو جی!' نریندر نے سٹپٹا کر کہا۔ گجادھر بابو نے چاہا تھا کہ وہ بھی اس ہنسی مذاق میں حصہ لیتے، لیکن ان کے آتے ہی جیسے سب خاموش ہو گئے۔ اس سے ان کے دل میں تھوڑی سی مایوسی پیدا ہوئی۔ بیٹھتے ہوئے بولے، 'بسنتی، چائے مجھے بھی دینا۔ تمھاری اماں کی پوجا ابھی چل رہی ہے کیا؟'

بسنتی نے ماں کی کوٹھری کی طرف دیکھا، 'ابھی آتی ہی ہوں گی'، اور پیالے میں ان کے لیے چائے چھاننے لگی۔ بہو چپ چاپ پہلے ہی چلی گئی تھی، اب نریندر بھی چائے کا آخری گھونٹ پی کر اٹھ کھڑا ہوا، صرف بسنتی، پتا کے لحاظ میں چوکے میں بیٹھی ماں کی راہ دیکھنے لگی۔ گجادھر بابو نے ایک گھونٹ چائے پی، پھر کہا، 'بٹی — چائے تو پھیکی ہے۔'

'لائیے، چینی اور ڈال دوں۔' بسنتی بولی۔

رہنے دو، تمھاری اماں جب آئے گی، تبھی پی لوں گا۔'

تھوڑی دیر میں ان کی پتنی ہاتھ میں ارگھیہ کا لوٹا لیے نکلی اور اشدھ ستوتی کہتے ہوئے تلسی میں ڈال دیا۔ انھیں دیکھتے ہی بسنتی بھی اٹھ گئی۔ پتنی نے آکر گجادھر بابو کو دیکھا اور کہا، 'ارے، آپ اکیلے بیٹھے ہیں — یہ سب کہاں گئے؟' گجادھر بابو کے دل میں پھانس سی کرک اٹھی، 'اپنے اپنے کام میں لگ گئے ہیں — آخر بچے ہی ہیں۔'

پتنی آکر چوکے میں بیٹھ گئی، انھوں نے ناک بھنو چڑھا کر چاروں طرف جھوٹے برتنوں کو دیکھا۔ پھر کہا، 'سارے میں جھوٹے برتن پڑے ہیں۔ اس گھر میں دھرم کرم کچھ نہیں۔ پوجا کر کے سیدھے چوکے میں گھسو۔' پھر انھوں نے نوکر کو پکارا، جب جواب نہ ملا تو ایک بار اور اونچی آواز میں، پھر پتی کی طرف دیکھ کر بولیں، 'بہو نے

بھیجا ہوگا بازار۔' اور ایک لمبی سانس لے کر چپ ہو رہی۔

گجادھر بابو بیٹھ کر چائے اور ناشتے کا انتظار کرتے رہے۔ انھیں اچانک ہی گنیشی کی یاد آگئی۔ روز صبح، پسنجر آنے سے پہلے وہ گرم گرم پوریاں اور جلیبیاں بناتا تھا۔ گجادھر بابو جب تک اٹھ کر تیار ہوتے، ان کے لیے جلیبیاں اور چائے لاکر رکھ دیتا تھا۔ چائے بھی کتنی بڑھیا، کانچ کے گلاس میں اوپر تک بھری لبالب، پورے ڈھائی چمچ چینی اور گاڑھی ملائی۔ پسنجر بھلے ہی رانی پور دیر سے پہنچے، گنیشی نے چائے پہنچانے میں کبھی دیر نہیں کی۔ کیا مجال کہ کبھی اس سے کچھ کہنا پڑے۔

پتنی کی شکایت بھری آواز سُن ان کے خیالوں کا تسلسل ٹوٹا۔ وہ کہہ رہی تھیں، 'سارا دن اسی کھچ کھچ میں نکل جاتا ہے۔ اس گرہستی کا دھندا پیٹتے پیٹتے عمر بیت گئی۔ کوئی ذرا ہاتھ بھی نہیں بٹاتا۔'

'بہو کیا کرتی ہے؟' گجادھر بابو نے پوچھا۔

'پڑی رہتی ہے۔ بسنتی کو تو، پھر کہو کہ کالج جانا ہوتا ہے۔'

گجادھر بابو نے جوش میں آکر بسنتی کو آواز دی۔ بسنتی بھابھی کے کمرے سے نکلی تو گجادھر بابو نے کہا، 'بسنتی، آج سے شام کا کھانا بنانے کی ذمہ داری تم پر ہے۔ صبح کا بھوجن تمھاری بھابھی بنائے گی۔'

بسنتی منہ لٹکا کر بولی، 'بابوجی، پڑھنا بھی تو ہوتا ہے۔'

گجادھر بابو نے پیار سے سمجھایا، 'تم صبح پڑھ لیا کرو۔ تمھاری ماں بوڑھی ہوئی، ان کے جسم میں اب وہ طاقت نہیں ہے۔ تم ہو، تمھاری بھابھی ہیں، دونوں کو مل کر کام میں ہاتھ بٹانا چاہیے۔'

بسنتی چپ رہ گئی۔ اس کے جانے کے بعد اس کی ماں نے دھیرے سے کہا، 'پڑھنے کا تو بہانہ ہے۔ کبھی جی ہی نہیں لگتا۔ لگے کیسے؟ شیلا سے ہی فرصت نہیں۔ بڑے بڑے لڑکے ہیں ان کے گھر میں، ہر وقت یہاں گھُسا رہنا، مجھے نہیں سُہاتا۔ منع کروں تو سنتی نہیں۔'

ناشتہ کر گجادھر بابو بیٹھک میں چلے گئے۔ گھر چھوٹا تھا اور ایسا انتظام ہو چکا تھا کہ اس میں گجادھر بابو کے رہنے کے لیے کوئی جگہ نہیں بچی تھی۔ جیسے کسی مہمان

کے لیے کچھ عارضی انتظام کر دیا جاتا ہے، اسی طرح بیٹھک میں کرسیوں کو دیوار سے سٹا کر بیچ میں گجادھر بابو کے لیے ایک پتلی سی چارپائی ڈال دی گئی تھی۔ گجادھر بابو اس کمرے میں پڑے پڑے، کبھی کبھی، اچانک ہی اس عارضی پن کا احساس کرنے لگتے تھے۔ انھیں یاد آتی ان ریل گاڑیوں کی، جو آتیں اور تھوڑی دیر رک کر کسی اور منزل کی طرف چلی جاتیں۔

گھر چھوٹا ہونے کی وجہ سے بیٹھک میں ہی اب اپنا انتظام کیا تھا۔ ان کی بیوی کے پاس اندر ایک چھوٹا کمرہ ضرور تھا، لیکن وہ ایک طرف اچاروں کے مرتبان، دال، چاول کے کنستر اور گھی کے ڈبوں سے بھرا تھا، دوسری طرف پرانی رزائیاں، دریوں میں لپٹی اور رسی سے بندھی رکھی تھیں، اس کے پاس ایک بڑے ٹین کے بکس میں سارے گھر کے گرم کپڑے تھے۔ بیچ میں ایک الگنی بندھی ہوئی تھی، جس پر اکثر بسنتی کے کپڑے لاپروائی سے پڑے رہتے تھے۔ وہ عموماً اس کمرے میں نہیں جاتے تھے۔ گھر کا دوسرا کمرہ امر اور اس کی بہو کے پاس تھا، تیسرا کمرہ، جو سامنے کی طرف تھا، بیٹھک تھا۔ گجادھر بابو کے آنے سے پہلے اس میں امر کی سسرال سے آئی بینت کی تین کرسیوں کا سیٹ پڑا تھا، کرسیوں پر نیلی گدیاں اور بہو کے ہاتھوں کے کڑھے کُشن تھے۔

جب کبھی ان کی پتنی کو کوئی لمبی شکایت کرنی ہوتی، تو اپنی چٹائی بیٹھک میں ڈال پڑ جاتی تھیں۔ وہ ایک دن چٹائی لے کر آگئیں۔ گجادھر بابو نے گھر گرہستی کی باتیں چھیڑیں، وہ گھر کا رویہ دیکھ رہے تھے۔ بہت ہلکے سے انھوں نے کہا کہ اب ہاتھ میں پیسہ کم رہے گا، کچھ خرچ کم ہونا چاہیے۔

'سبھی خرچ تو واجب ہیں، کس کا پیٹ کاٹوں؟ یہی جوڑ گانٹھ کرتے کرتے بوڑھی ہوگئی، نہ من کا پہنا، نہ اوڑھا۔'

گجادھر بابو نے زخمی اور حیران نگاہوں سے پتنی کو دیکھا۔ ان سے اپنی حیثیت چھپی نہ تھی۔ ان کی پتنی تنگی کا احساس کر اس کا ذکر کرتیں۔ یہ فطری تھا، لیکن ان میں ہمدردی کی پوری کمی گجادھر بابو کو بہت کھٹکی۔ ان سے اگر رائے مشورہ کیا جاتا کہ انتظام کیسے ہو، تو انھیں فکر کم، اطمینان زیادہ ہوتا۔ لیکن ان سے تو صرف شکایت

کی جاتی تھی، جیسے خاندان کی ساری پریشانیوں کے لیے وہی ذمہ دار تھے۔
'تمھیں کس بات کی کمی ہے امر کی ماں ——— گھر میں بہو ہے، لڑکے بچے ہیں، صرف روپے سے ہی آدمی امیر نہیں ہوتا،' گجادھر بابو نے کہا اور کہنے کے ساتھ ہی محسوس کیا۔ یہ ان کے باطن کا اظہار تھا ——— ایسا کہ ان کی پتنی نہیں سمجھ سکتیں۔
'ہاں، بڑا سکھ ہے نہ بہو سے۔ آج رسوئی کرنے گئی ہے، دیکھو کیا ہوتا ہے؟' کہہ کر پتنی نے آنکھیں موندیں اور سو گئی۔ گجادھر بابو بیٹھے ہوئے پتنی کو دیکھتے رہ گئے۔ یہی تھی کیا ان کی پتنی، جس کے ہاتھوں کے نازک لمس، جس کی مسکان کی یاد میں انھوں نے پوری زندگی کاٹ دی تھی؟ انھیں لگا کہ خوب صورت عورت زندگی کی راہ میں کہیں کھو گئی ہے اور اس کی جگہ آج جو عورت ہے، وہ ان کے دل اور روح کے لیے بے حد اجنبی ہے۔ گہری نیند میں ڈوبی پتنی کا بھاری سا جسم بہت بے ڈول اور بدصورت لگ رہا تھا، چہرہ مرجھایا اور روکھا تھا۔ گجادھر بابو دیر تک خاموش نگاہوں سے پتنی کو دیکھتے رہے اور پھر لیٹ کر چھت کی طرف دیکھنے لگے۔
اندر کچھ گرا اور ان کی پتنی ہڑبڑا کر اٹھ بیٹھیں، 'لو، بلّی نے کچھ گرا دیا شاید۔' اور وہ اندر بھاگیں۔ تھوڑی میں لوٹ کر آئیں تو ان کا منہ پھولا ہوا تھا، 'دیکھا بہو کو، چوکا کھلا چھوڑ آئی۔ بلّی نے دال کی پتیلی گرا دی۔ سبھی تو کھانے کو ہیں، اب کیا کھلاؤں گی؟' سانس لینے کو رکیں اور بولیں، 'ایک ترکاری اور چار پراٹھے بنانے میں سارا ڈبہ گھی انڈیل کر رکھ دیا۔ ذرا سا درد نہیں ہے، کمانے والا ہاڑ توڑے اور یہاں چیزیں لٹیں۔ مجھے تو معلوم تھا کہ یہ سب کام کسی کے بس کا نہیں ہے۔'
گجادھر بابو کو لگا کہ پتنی کچھ اور بولے گی تو ان کے کان جھن جھنا اٹھیں گے۔ ہونٹ بھینچ، کروٹ لے کر انھوں نے پتنی کی طرف پیٹھ کر لی۔

رات کا کھانا بسنتی نے جان بوجھ کر ایسا بنایا تھا کہ لقمہ تک نگلا نہ جا سکے۔ گجادھر بابو چپ چاپ کھا کر اٹھ گئے، لیکن نریندر تھالی سرکا کر اٹھ کھڑا ہوا اور بولا، 'میں ایسا کھانا نہیں کھا سکتا۔'
بسنتی تنک کر بولی، 'تو نہ کھاؤ، کون تمھاری خوشامد کرتا ہے۔'

'تم سے کھانا بنانے کو کہا کس نے تھا؟' نریندر چیخا۔
'بابوجی نے!'
'بابوجی کو بیٹھے بیٹھے یہی سوجھتا ہے!'
بسنتی کو اٹھا کر ماں نے نریندر کو منایا اور اپنے ہاتھ سے کچھ بنا کر کھلایا۔
گجادھر بابو نے بعد میں پتنی سے کہا، 'اتنی بڑی لڑکی ہو گئی اور اسے کھانا بنانے تک کا شعور نہیں آیا!'
'ارے، آتا تو سب کچھ ہے، کرنا نہیں چاہتی۔' پتنی نے جواب دیا۔
اگلی شام ماں کو رسوئی میں دیکھ، کپڑے بدل کر بسنتی باہر آئی، تو بیٹھک سے گجادھر بابو نے ٹوک دیا، 'کہاں جا رہی ہو؟'
'پڑوس میں، شیلا کے گھر۔' بسنتی نے کہا۔
'کوئی ضرورت نہیں ہے، اندر جا کر پڑھو۔' گجادھر بابو نے سخت آواز میں کہا۔
کچھ دیر غیر ارادی طور پر کھڑی رہ کر بسنتی اندر چلی گئی۔ گجادھر بابو شام کو روز ٹہلنے چلے جاتے تھے، لوٹ کر آئے تو پتنی نے کہا، 'کیا کہہ دیا بسنتی سے؟ شام سے منہ لپیٹے پڑی ہے۔ کھانا بھی نہیں کھایا۔'
گجادھر بابو کو کوفت ہوئی۔ پتنی کی بات کا انھوں نے کوئی جواب نہیں دیا۔ انھوں نے دل میں ارادہ کر لیا کہ بسنتی کی شادی جلدی ہی کر دینی ہے۔ اس دن کے بعد سے بسنتی پتا سے بچی بچی رہنے لگی۔ جانا ہوتا تو پچھواڑے سے جاتی۔ گجادھر بابو نے دو ایک بار پتنی سے پوچھا تو جواب ملا، 'روٹھی ہوئی ہے۔' گجادھر بابو کو غصہ آیا۔ لڑکی کے اتنے مزاج، جانے کو روک دیا تو پتا سے بولے گی نہیں۔ پھر ان کی پتنی نے ہی اطلاع دی کہ امر الگ رہنے کی سوچ رہا ہے۔
'کیوں؟' گجادھر بابو نے حیران ہو کر پوچھا۔
پتنی نے صاف صاف جواب نہیں دیا۔ امر اور اس کی بہو کی شکایتیں بہت تھیں۔ ان کا کہنا تھا کہ گجادھر بابو ہمیشہ بیٹھک میں ہی پڑے رہتے ہیں، کوئی آنے جانے والا ہو تو کہیں بٹھانے کی جگہ نہیں۔ امر کو اب بھی وہ چھوٹا سا سمجھتے تھے اور موقع بے موقع ٹوک دیتے تھے۔ بہو کو کام کرنا پڑتا تھا اور ساس جب تب پھوہڑپن

پر طعنے دیتی رہتی تھیں۔ ' ہمارے آنے سے پہلے بھی کبھی ایسی بات ہوئی تھی ؟ '
گجا دھر بابو نے پوچھا۔ پتنی نے سر ہلا کر بتایا کہ نہیں۔ پہلے امر گھر کا مالک بن کر رہتا تھا، بہو کو کوئی روک ٹوک نہ تھی، امر کے دوستوں کا اکثر یہیں اڈہ جمع رہتا تھا اور اندر سے ناشتہ چائے تیار ہو کر جاتا رہتا تھا۔ بسنتی کو بھی وہی اچھا لگتا تھا۔

گجا دھر بابو نے بہت دھیرے سے کہا، ' امر سے کہو، جلد بازی کی کوئی ضرورت نہیں ہے۔ '

اگلے دن وہ صبح گھوم کر لوٹے تو پایا کہ بیٹھک میں ان کی چارپائی نہیں ہے۔ اندر جا کر پوچھنے ہی والے تھے کہ ان کی نگاہ رسوئی کے اندر بیٹھی پتنی پر پڑی۔ انھوں نے یہ کہنے کو منہ کھولا کہ بہو کہاں ہے، لیکن کچھ یاد کر خاموش ہو گئے۔ پتنی کی کوٹھری میں جھانکا تو اچار، رزائیاں اور کنستروں کے درمیان اپنی چارپائی لگی پائی۔ گجا دھر بابو نے کوٹ اتارا اور کہیں ٹانگنے کو دیوار پر نظر دوڑائی۔ پھر اُسے موڑ کر الگنی کے کچھ کپڑے کھسکا کر، ایک کنارے ٹانگ دیا۔ کچھ کھائے بنا ہی اپنی چارپائی پر لیٹ گئے۔ کچھ بھی ہو، تن آخر بوڑھا ہی تھا۔ صبح شام کچھ دور ٹہلنے ضرور چلے جاتے، لیکن آتے جاتے تھک جاتے تھے۔ گجا دھر بابو کو اپنا بڑا سا کوارٹر یاد آ گیا۔ مطمئن زندگی، صبح پسنجر ٹرین آنے پر اسٹیشن کی چہل پہل، جانے پہچانے چہرے اور پٹری پر ریل کے پہیوں کی کھٹ کھٹ، جو اُن کے لیے مدھر سنگیت کی طرح تھی۔ طوفان اور ڈاک گاڑی کے انجنوں کی چنگھاڑ ان کی تنہا راتوں کی ساتھی تھی سیٹھ رام جی مل کے مل کے کچھ لوگ کبھی کبھی پاس آ بیٹھتے، وہی ان کا دائرہ تھا، وہی ان کے ساتھی، وہ زندگی اب انھیں ایک کھوئے اثاثے سی محسوس ہوئی۔ انھیں لگا کہ وہ زندگی کے ذریعے ٹھگے گئے ہیں۔ انھوں نے جو کچھ چاہا، اس میں سے انھیں ایک بوند بھی نہ ملا۔

لیٹے ہوئے وہ گھر کے اندر سے آتی مختلف آوازوں کو سنتے رہے۔ بہو اور ساس کی چھوٹی سی جھڑپ، بالٹی پر کھلے نل کی آواز، رسوئی کے برتنوں کی کھٹ کھٹ اور اسی میں دو گوریّوں کی چہچہاہٹ —— اور اچانک ہی انھوں نے ارادہ کر لیا کہ اب گھر کی کسی بات میں دخل نہ دیں گے۔ اگر گھر کے مالک کے لیے پورے گھر میں

ایک چارپائی کی جگہ نہیں ہے، تو یہیں پڑے رہیں گے۔ اگر کہیں اور ڈال دی گئی تو وہاں چلے جائیں گے۔ اگر بچوں کی زندگی میں ان کے لیے کوئی جگہ نہیں، تو اپنے ہی گھر میں پردیسی کی طرح پڑے رہیں گے ... اور اس دن کے بعد واقعی گجادھر بابو کچھ نہیں بولے۔ نریندر روپے مانگنے آیا تو بغیر وجہ پوچھے اسے روپے دے دیئے —— بسنتی کافی اندھیرا ہو جانے کے بعد بھی پڑوس میں رہی تو بھی انھوں نے کچھ نہیں کہا —— لیکن انھیں سب سے بڑا غم یہ تھا کہ ان کی پتنی نے بھی ان کی اس تبدیلی کو محسوس نہیں کیا۔ وہ جی ہی جی کتنا بوجھ ڈھو رہے ہیں، اس سے وہ انجان ہی بنی رہیں بلکہ انھیں پتی کے گھر کے معاملے میں مداخلت نہ کرنے کی وجہ سے سکون ہی تھا۔ کبھی کبھی وہ بھی اٹھنیں، 'ٹھیک ہی ہے، آپ بیچ میں نہ پڑا کیجیے، بچے بڑے ہو گئے ہیں، ہمارا جو فرض تھا، کر رہے ہیں۔ پڑھا رہے ہیں، شادی کر دیں گے۔'

گجادھر بابو نے زخمی نگاہوں سے پتنی کو دیکھا۔ انھوں نے محسوس کیا کہ وہ پتنی اور بچوں کے لیے صرف پیسہ پیدا کرنے کی مشین ہیں۔ جس شخص کے وجود سے پتنی مانگ میں سندور ڈالنے کی حقدار ہے، سماج میں اس کی عزت ہے، اس کے سامنے وہ دو وقت کھانے کی تھالی رکھ دینے سے سارے فرائض سے نجات پا جاتی ہے۔ وہ گھی اور شکر کے ڈبوں میں اتنی مشغول ہے کہ اب وہی اس کی ساری دنیا بن گئی ہے۔ گجادھر بابو ان کی زندگی کے مرکز نہیں ہو سکتے، انھیں تو اب بیٹی کی شادی کا حوصلہ بھی بجھ گیا ہے۔ کسی بات میں مداخلت نہ کرنے کے فیصلے کے بعد بھی ان کا وجود اس ماحول کا حصہ نہ بن سکا۔ ان کی موجودگی اس گھر میں ایسی بے وجہ لگنے لگی تھی، جیسے سجی ہوئی بیٹھک میں ان کی چارپائی تھی۔ ان کی ساری خوشی ایک گہری مایوسی میں ڈوب گئی تھی۔

اتنے سارے ارادوں کے باوجود بھی ایک دن بیچ میں دخل دے بیٹھے۔ پتنی مزاج کے مطابق نوکر کی شکایت کر رہی تھیں، 'کتنا کام چور ہے، بازار کی بھی چیزوں میں پیسہ بناتا ہے، کھانے بیٹھتا ہے، تو کھاتا ہی چلا جاتا ہے۔' گجادھر بابو کو برابر یہ محسوس ہوتا رہتا تھا کہ ان کے گھر کا رہن سہن اور خرچ ان کی حیثیت سے کہیں زیادہ ہے۔

پتنی کی بات سن کر کہنے کہ نوکر کا خرچ بالکل بیکار ہے۔ چھوٹا موٹا کام ہے، گھر میں تین مرد ہیں، کوئی نہ کوئی کر ہی دے گا۔ انھوں نے اسی دن نوکر کا حساب کر دیا۔ امر دفتر سے آیا تو نوکر کو پکارنے لگا۔ امر کی بہو بولی، ' بابو جی نے نوکر چھڑا دیا ہے۔'

' کیوں ؟'

' کہتے ہیں خرچ بہت ہے۔'

یہ بات چیت بہت سیدھی سی تھی، لیکن جس ٹون میں بہو بولی، گجا دھر بابو کو کھٹک گیا۔ اس دن جی بھاری ہونے کی وجہ سے گجا دھر بابو ٹہلنے نہیں گئے۔ سستی کی وجہ سے اٹھ کر بتی بھی نہیں جلائی تھی — اس بات سے بے خبر نریندر ماں سے کہنے لگا، ' اماں، تم بابو جی سے کہتی کیوں نہیں ؟ بیٹھے بٹھائے کچھ نہیں تو نوکر ہی چھڑا دیا۔ اگر بابو جی یہ سمجھیں کہ میں سائیکل پر گیہوں رکھ آٹا پسانے جاؤں گا، تو مجھ سے یہ نہیں ہوگا۔'، ' ہاں اماں، بسنتی کی آواز تھی، ' میں کالج میں جاؤں اور لوٹ کر گھر میں جھاڑو بھی لگاؤں، یہ میرے بس کی بات نہیں ہے۔'

' بوڑھے آدمی ہیں ' امر بھنبھنایا، ' چپ پڑے رہیں۔ ہر چیز میں دخل کیوں دیتے ہیں ؟ ' پتنی نے بڑے طنز سے کہا، ' اور کچھ نہیں سوجھا، تو تمھاری بہو کو ہی چوکے میں بھیج دیا۔ وہ گئی تو پندرہ دن کا راشن پانچ دن میں بنا کر رکھ دیا۔' بہو کچھ کہے اس سے پہلے وہ چوکے میں گھس گئی۔ کچھ دیر میں اپنی کوٹھری میں آئی اور بجلی جلائی تو گجا دھر بابو کو لیٹے دیکھ بڑی سٹ پٹائی۔ گجا دھر بابو کے چہرے سے وہ ان کے جذبات کا اندازہ نہ لگا سکی۔ وہ چپ آنکھیں بند کیے لیٹے رہے۔

گجا دھر بابو چٹھی ہاتھ میں لیے اندر آئے اور پتنی کو پکارا۔ وہ بھیگے ہاتھ لیے نکلیں اور آنچل سے پونچھتی ہوئی پاس آ کھڑی ہوئیں۔ گجا دھر بابو نے بغیر کسی تمہید کے کہا، مجھے سیٹھ رام جی مل کی چینی مل میں نوکری مل گئی ہے۔ خالی بیٹھے رہنے سے تو چار پیسے گھر میں آئیں وہی اچھا ہے۔ انھوں نے تو پہلے ہی کہا تھا، میں نے منع کر دیا تھا۔' پھر کچھ رک کر، جیسے بجھی ہوئی آگ میں ایک چنگاری چمک اٹھے انھوں نے دھیمی آواز میں کہا، ' میں نے سوچا تھا کہ برسوں تم سب سے الگ رہنے کے بعد

چھٹی پا کر خاندان کے ساتھ رہوں گا۔ خیر، پرسوں جانا ہے۔ تم بھی چلوگی؟' رہیں؟' پتنی نے سہم کر کہا، 'میں چلوں گی تو یہاں کا کیا ہوگا؟ اتنی بڑی گرہستی، پھر سیانی لڑکی...'

بات بیچ میں کاٹ کر گجادھر بابو نے اداس آواز میں کہا، 'ٹھیک ہے، تم یہیں رہو، میں نے تو ایسے ہی کہا تھا۔' اور گہری خاموشی میں ڈوب گئے۔

نریندر نے بڑی پھرتی سے بستر باندھا اور رکشہ بلا لایا۔ گجادھر بابو کا ٹین کا بکس اور پتلا سا بستر اس پر رکھ دیا گیا۔ ناشتے کے لیے لڈو اور مٹھری کی ڈبیا ہاتھ میں لیے گجادھر بابو رکشے پر بیٹھ گئے۔ نگاہ انھوں نے اپنے خاندان پر ڈالی۔ پھر دوسری طرف دیکھنے لگے اور رکشہ چل پڑا۔

ان کے جانے کے بعد سب اندر لوٹ آئے۔ بہو نے امر سے پوچھا، 'سینما لے چلیے گا نا؟' بسنتی نے اچھل کر کہا، 'بھیّا، ہمیں بھی!'

گجادھر بابو کی پتنی سیدھے چوکے میں چلی گئیں۔ بچی ہوئی مٹھریوں کو کٹوردان میں رکھ کر اپنے کمرے میں لائیں اور کنستروں کے پاس رکھ دیا، پھر باہر آ کر کہا، 'ارے نریندر، بابو کی چارپائی کمرے سے نکال دے۔ اس میں چلنے تک کی جگہ نہیں ہے!'

ہرزیش

طوطے

یہ کہنا مشکل تھا کہ پہلے لالہ اشرفی لال جاگتے تھے یا طوطا اور کس کے جاگنے سے اُس گھر میں صبح ہوتی تھی، یعنی صبح ہونے کا احساس۔ کبھی اشرفی لال کی نیند طوطے کی آواز سے ٹوٹتی تھی اور کبھی طوطے کی اپنی نرم پنکھوں میں چھپی ہوئی گردن کھاٹ چھوڑ کر برامدے میں آ گئے اشرفی لال کے قدموں سے ہی اٹھتی تھی۔ طوطا پنجرے کے دو تین چکر کاٹ کر آواز کرتا تھا—— ٹائیں —— ٹائیں —— ٹوں —— پڑھو پتے سیتارام —— سیتارام۔ آواز میں پھر ایک لے گھل جاتی تھی —— ٹائیں —— ٹائیں —— ٹوں ں —— پڑھو پتے سیتارام —— سیتارام۔ اور تب اشرفی لال خود اپنا کنٹھ کھولتے تھے، 'پڑھو پتے سیتارام —— سیتارام' اور کبھی اشرفی لال کی آنکھ کا کھلنا اور طوطے کی آواز کا پھوٹنا ایک ساتھ ہی ہوتا تھا۔ فرق رہتا بھی تھا تو معمولی سا اتنا باریک کہ پہچانا نہ جا سکے۔

اور آج بھی اشرفی لال اور طوطا ساتھ ساتھ جاگے تھے۔ اشرفی لال کی نیند ہٹی آنکھیں کھلی کھڑکی سے باہر آ جاس کے سوتے میں گھل رہے اندھیرے کا جائزہ لے رہی تھیں اور طوطا آواز کر رہا تھا —— ٹائیں —— ٹائیں —— ٹوں —— پڑھو پتے سیتارام —— سیتارام۔ ٹائیں —— ٹائیں —— ٹوں —— پڑھو پتے سیتارام —— سیتارام۔ اشرفی لال نے برامدے میں آ کر طوطے

کو ایک منٹ سنگت دی اور پھر روزمرہ کی ضروریات سے فارغ ہونے کے لیے چلے گئے۔ نہانے سے قبل انھوں نے پنجرے کی صفائی کر ڈالی اور طوطے کو نہلانے کے خیال سے اس کے اوپر لوٹے سے تھوڑا سا پانی چھوڑ دیا۔

پوجا کرنے کے بعد جب وہ آئے، انھوں نے خربوزے کی پھانک کاٹ کر پنجرے کے اندر ڈال دی، جسے طوطا کُتر کُتر کر کھانے لگا۔ وہ خود دودھ پینے لگے، جو ان کی بیوہ بہن گرم کر لے آئی تھی۔

اس گھر میں وہ اور بیوہ بہن، بس یہ دو ہی لوگ تھے۔ اور ان جیسا ہی جو تیسرا جاندار تھا، وہ تھا طوطا۔ پہلے وہاں دو لڑکیاں بھی تھیں، ان کی بیوی بھی۔ لڑکیوں کی شادی ہو گئی تھی اور بیوی کا انتقال۔ نہیں، تین سال وہاں ایک عورت اور آئی تھی۔ تب یہ طوطا نہیں تھا۔ طوطا انھوں نے بعد میں پالا تھا۔ اس عورت کے آجانے سے گھر کی بھائیں بھائیں بھاگ گئی تھی۔ وہ گھر پھر گھر لگنے لگا تھا۔

انھوں نے کہا نہیں تھا۔ ویسا کوئی اشارہ بھی نہیں کیا تھا۔ بات اٹھائے جانے پر بلکہ گردن ہلا دیتے تھے، 'نہیں، یہ ٹھیک نہیں رہے گا'۔ لیکن بیوہ بہن سمجھ گئی تھی کہ ان کو ایک دوسری عورت کی ضرورت ہے۔ وہ بغیر پانی کے پودے جیسے مرجھائے مرجھائے رہتے ہیں۔ روے کی کھیر، گوند کے لڈو، جو انھیں پسند تھے، اب چاؤ سے کھاتے نہیں ہیں۔ ان کے پان سے رنگے سدا بہار ہونٹ سوکھے رہتے ہیں۔ کرتا و گلیزا پہنے ہی دُکان چلے جاتے ہیں۔ رات میں ان کو پوری نیند نہیں آتی ہے۔ آکاش میں تارے بنے ہوتے ہیں اور وہ اٹھ جاتے ہیں۔ بہن نے جب ایک لڑکی کو بلا کر ان کے سامنے کھڑا کر دیا تو لڑکی کی صورت میں انھوں نے ایک ایسی دلفریب کشش پائی کہ وہ دوسری شادی کے لیے 'نا' نہ کر سکے۔ انھوں نے پہلے اسی کے لیے انکار کیا تھا، اس بات کے ساتھ ساتھ وہ یہ بھی بھول گئے کہ ان کی عمر پچاس کے اوپر ہے، ان کے سر اور مونچھ کے آدھے بال سفید ہو گئے ہیں، وہ دو بال بچّے دار لڑکیوں کے رشتے سے نانا بن چکے ہیں اور ان کی جگ ہنسائی ہوگی۔

بہن کے ہونٹ پر داہنے طرف ایک مسّا تھا، جس میں بڑے بالوں کا ایک گچھا اُگا رہتا تھا۔ بہن کبھی کبھی بہت سمجھدار دِکھنے لگتی تھی۔ وہ چہرے پر ہنسی پھیلاتے ہوئے

اس سے بولے تھے، 'لگتا ہے، تم اس گھر میں بھوجائی بن کر نہیں رہ سکتی ہو۔'

پنڈت جی نے پترے میں جو ساعت بتائی، اس سے ایک پکھوارے کے اندر ہی وہ لڑکی بیوی بن کر اس گھر میں آ گئی۔

اشرفی لال نے اپنا نام صحیح ثابت کرنے کے لیے اسے اشرفیوں کا ہار بھینٹ کیا — سنہرا جگ مگ کرتا ہوا۔

انھوں نے اسے چٹخ رنگ کی بیل بوٹے دار کئی ساڑیاں دیں۔

وہ دُکان سے لوٹتے ہوئے روز رات کو اس کے لیے مٹھائی لے آتے۔

وہ اس سے کہتے، 'تم مجھے ایک بیٹا دو۔'

بیوی کھِل کھِلا کر ہنستی۔ جھمک جھمک کر چلتی۔ اس کے سر سے پلّو بار بار گر جاتا۔ وہ کلائی کی چوڑیاں گھما گھما کر کھن کھناتی۔ وہ دانتوں کے بیچ ہاتھ کی کوئی انگلی دبا لیتی اور چوسنے لگتی۔ وہ پیر کے انگوٹھے سے فرش کھرچتی۔ ان کے دُکان کے چلنے کے وقت وہ ٹھنکتی ہوئی راستہ روک لیتی، 'ایک روپیہ دیتے جاؤ، آج چاٹ کھاؤں گی۔' یا کہتی۔ 'میری سونہہ، املی ملے تو لیتے آنا۔ کیتھا دِکھے تو کیتھا بھی ضرور۔ مجھے نمک کے ساتھ یہ چیزیں بہت اچھی لگتی ہیں۔'

بیوی سے زیادہ وہ لڑکی ہے، ایسا انھیں لگتا تھا۔ وہ اس کے الھڑپن سے کبھی کبھی ڈر بھی جاتے تھے۔ وہ اپنی عمر کم کرنے کی کوشش کرتے۔ بالوں میں انھوں نے خضاب لگانا شروع کر دیا تھا۔ مونچھوں کو وہ ترا شنے لگے تھے۔ وہ صبح دودھ کے ساتھ بیدجی کے بنائے ہوئے پاک کا استعمال کرنے لگے تھے۔ لیکن وہ پاتے کہ ان کے اور بیوی کی عمر کے درمیان جو تیس بتیس سال کا ایک لمبا فاصلہ ہے، وہ اسے اکیلے پاٹ نہیں سکتے ہیں۔ وہ اگر اپنی عمر گھٹا رہے ہیں تو، بیوی اپنی بڑھائے۔ تبھی یہ ممکن ہے۔

لیکن بیوی نے جیسے عمر کو مضبوطی سے پکڑ رکھا تھا۔ وہ ایک الھڑ لڑکی ہی بنی رہنا چاہتی تھی۔ وہ آنکھوں میں موٹا موٹا کاجل لگاتی؛ پیروں کی ایڑیاں رگڑ رگڑ کر چکنا کرتی اور آنگن میں کھڑی کھڑی چوٹی گوندھتی۔

جب ان کی بیوہ بہن، ان کے دُکان سے لوٹنے پر، اپنے بالوں بھرے متھے

والے ہونٹ پر بَل لاکر شکایت کرنے لگی کہ شمن بھابھی کھڑکی دروازے پر دیر تک کھڑی رہتی ہیں، کہ آج شمن بھابھی نے ڈاکیے سے باتیں کیں، کہ آج انھوں نے چاقو قینچی پر دھار رکھنے والے ایک کنجر کو پانی پلایا، کہ آج انھوں نے مداری سے ریچھ کا چبوترے پر ناچ کرایا، کہ آج وہ ماسٹر صاحب کی لڑکائی کے گھر آدھ گھنٹے کے لیے کہہ کر گئیں، لیکن پورے دو گھنٹے بعد لوٹیں، تو اُن کا ڈر بڑھنے لگتا۔

انھوں نے بیوی کو ڈانٹا کہ اس کا غیروں سے باتیں کرنا ٹھیک نہیں ہے، نہ وہ گھر کے باہر ہی جایا کرے۔

'تو کیا میں گھر کے اندر سڑا کروں۔' بیوی چہرے پر غصّہ لاتے لاتے ہنس پڑی تھی۔

ہولی آگئی تھی۔ بیوی دروازے پر پھاگن کے موسم جیسی کھڑی تھی۔ گلی کے کالج میں پڑھنے والے شیام اور ترون دو چھبیلے لڑکوں نے اس پر رنگ ڈال دیا۔ وہ پھر آنگن میں گھس کر اس کے چہرے پر بھی رنگ مَل گئے۔

پتہ لگنے پر انھوں نے آنکھیں بگاڑی تھیں، 'مجھے ایسی ہُڑدنگ پسند نہیں،' پلٹ کر جب بیوی نے کہا تھا، 'تمھارے بڈھے ہو جانے سے کیا میں بھی بڈھی بن جاؤں،' تو پہلے تو کچھ پل وہ ہکے بکّے رہ گئے تھے، جیسے ذہن کی گھڑی کا چلنا ایک جھٹکے سے رُک گیا ہو، یا اندر کی ساری بیداری ایک دم جڑ ہو گئی ہو۔ لیکن غصّے سے پھن پھناتے ہوئے انھوں نے بیوی کو لات گھونسوں سے جھاڑ دیا، 'سسری، بے حیا ہو رہی ہے۔ تیرا چھنال پن میں چھانٹ دوں گا۔'

لیکن اسی کے ساتھ وہ بیوی سے اور بھی زیادہ ڈر گئے تھے۔

اگلے دن انھوں نے بیوی کو سونے سے جھومر لاکر دیئے۔

اگلے دن انھوں نے اسے چار سو روپے کی زری کی ساڑی لاکر دی۔

بیوی بنا کسی سے پوچھے ہوئے، پڑوس کی ایک ہم عمر شادی شدہ لڑکی کے ساتھ سنیما چلی گئی۔

شام کو انھوں نے بیوی کو پھر چھوڑ دیا، لیکن اگلے ہی دن اُسے سونے کی نگ جڑی مُندری گھڑا دی۔

کچھ دنوں بعد میلہ تھا۔ پڑوس کی عورتیں اور لڑکیاں دیکھنے جا رہی تھیں۔ بیوہ نند کے منع کرنے پر بھی وہ ان کے ساتھ چلی گئی۔ میلے میں وہ ایک کنارے سے دوسرے کنارے تک چہکتی ہوئی گھومی۔ اس نے برف چوسی، گول گپّے کھائے اور ہنڈولے والے جھولے پر چڑھ کر اونچے اونچے چکّر لگائے۔ خوشی نے اس میں پنکھ جوڑ دیئے تھے۔ خوشی سے وہ چھلک رہی تھی۔

شام کو انھوں نے بیوی کو پھر پیٹا تھا۔ لات، گھونسوں اور جوتوں کی بوچھار کھاتے ہوئے اسے لگ رہا تھا کہ اس کے کچھ معصوم سپنے لہو لہان ہو رہے ہیں۔

اگلے دن جب وہ دُکان پر تھے، ایک آدمی نے بھاگتے ہوئے خبر دی کہ ان کی بیوی نے خودکشی کر لی ہے۔ گھر پر آ کر انھوں نے پایا کہ کمرے کی کڑی سے ساری کے پھندے کے سہارے اس کی لاش جھول رہی ہے۔

بیوی کو جب انھوں نے اچھے سے اچھا کھانے پہننے کو دیا تھا، تو ذرا سی سختی پر اس نے اپنی جان کیوں دے دی، اشرفی لال ٹھیک سے سمجھ نہیں سکے تھے۔

نو بج رہے تھے اور اشرفی لال چابیوں کا گچھّا و روکڑ والا لال جھولا لے کر دُکان کے لیے چل پڑے۔ سردیوں کے دن ہوتے تو وہ دس بجے چلتے۔ موسم کے حساب سے یہ بازار کے کُھلنے کا وقت بھی تھا۔ وہ ناریل کی رسّی، سینک اور روئی کا کام کرتے تھے۔ دالیں اور مونگ پھلی جیسے جنس بھی وہ بازار کی نبض دیکھ کر جب تب بھر لیتے اور نکال دیتے تھے۔ ان کا پکّا کام تھا۔ آج تک انھیں گھاٹا نہیں ہوا تھا۔

دُکان کھولتے کھولتے اخبار والا اخبار ڈال گیا تھا۔ وہ ہندی کا ایک اخبار منگاتے تھے۔ لگائے جانے والے ٹیکس، انکم ٹیکس اور دوسرے محکموں کے ذریعے ڈالے جانے والے چھاپوں یا چمتکاری اور حادثات سے جُڑی خبروں میں ہی ان کی زیادہ دلچسپی رہتی تھی۔ بین الاقوامی سیاست، زندگی کی دوسری اہم ہلچلوں کے متعلق خبروں کو بنا پڑھے چھوڑ دیتے تھے۔ سب سے پہلے وہ اخبار کی مختلف منڈیوں کے بھاؤ پر نظر دوڑاتے تھے۔ پیر کو ہفتے بھر کا راشی پھل نکلتا تھا اور اسے بھی وہ بڑی دلچسپی سے دیکھتے تھے۔ بُرے گرہوں کے شانت کرنے کے موٹے موٹے مشورے وہ جانتے

تھے۔ دوسرے دن اخبار ردّی ہو کر دُکان کے کام میں آجاتا تھا۔

گاہکوں سے نمٹتے ہوئے دوپہر ہوگئی تھی۔

دُکان کا نوکر گھر جاکر ٹفن میں کھانا لگوا لایا اور انھوں نے وقت نکال کر کھا لیا۔ وہ دوپہر کا کھانا دُکان پر ہی کھاتے تھے۔ چوں کہ دُکان پر کھاتے تھے، اس لیے وہ پکا ہوتا تھا، رات کو گھر پر کھایا جانے والا کچّا۔

تیسرے پہر گاہکوں کا دباؤ ایک دم کم ہوگیا تھا اور انھیں کس دُکان سے کیا پانا ہے اور کس کو کیا دینا، اس کا حساب کر ڈالا۔ دوسرے بکری کا بھی۔

سات بجے انھوں نے دُکان بڑھا دی۔ چلنے سے پہلے دُکان کے تالے کھینچ کھینچ کر دیکھے۔ ایسی انھوں نے عادت بنالی تھی۔ ڈیڑھ سال پہلے وہ دُکان کے اندر ایک نوکر لڑکے کو رات میں رکھتے تھے۔ اس لڑکے کے رہنے کا وہ انتظام بھی تھا اور دُکان کی چوکسی بھی۔

وہ تیرہ چودہ سال کا پہاڑی لڑکا تھا، دوسرے پہاڑی لڑکوں جیسا ہی —— ناٹا قد، چپٹا چکنا چہرہ اور بھوری چمڑی۔ اسے پنجاب بینک کا چوکیدار لکشمن سنگھ لے کر آیا تھا۔ بولا تھا، 'لالا شاب، اِش کو آپ کام پر رکھ لیجیے۔ یہ شارا کام آپ کو کرے گا۔ آپ کو ذرا شی بھی شکایت نہیں ملے گی۔'

اُن کو ایک لڑکے کی ضرورت بھی تھی۔ دُکان پر جو ایک پُرانا نوکر تھا، اکثر وہ بیمار ہو جاتا تھا۔ ویسے بھی کبھی کبھی کام کے زیادہ دباؤ کے لمحوں میں، وہاں ایک آدمی اور ہونا چاہیے، ایسا احساس انھیں شدّت سے ہوتا تھا۔

لکشمن سنگھ نے کہا تھا کہ اس کو وہ دونوں وقت کھانا دے دیں، پچیس روپے اوپر سے۔ پھر کام دیکھ کر سال دو سال بعد کچھ اور بڑھا دیں۔ یہ ان کے یہاں پڑا رہے گا۔ اور خدمت کرتا رہے گا۔

انھوں نے حساب لگایا تھا۔ کھانا پینا ملا کر زیادہ سے زیادہ پچھتر روپے پڑتے تھے۔ اچھا نوکر اِن دنوں سوا سو ڈیڑھ سو میں بھی ڈھونڈے نہیں ملتا ہے۔ یہ سودا سستا ہی تھا۔

دُکان پر بیٹھے ہی بیٹھے وہ یوں ہی گھر بار کے لیے چیزیں بھی خرید لیتے تھے ——

سوپ، چھلنی، چٹائی۔ طوطا انھوں نے دُکان پر ہی خریدا تھا۔ مگر یہ نوکر رکھنے سے بعد کی بات ہے۔

انھوں نے طے کر لیا تھا کہ نوکر کھانا تو گھر پر کھائے گا، لیکن رہے گا دُکان پر۔ دُکان اُن کی کافی بڑی تھی۔ پیچھے کے حصّے میں وقت ضرورت استعمال کرنے کے لیے انھوں نے پاخانہ بنوا رکھا تھا۔ ہینڈ پمپ بھی تھا، دیگر سہولتیں بھی۔ اوپر کھلے حصّے میں لوہے کا جال پڑا تھا۔

پہلی شام نوکر لڑکے کو دُکان میں بند کرتے ہوئے انھوں نے پوچھا تھا، 'ڈر تو نہیں لگے گا؟'

لڑکا اپنے مکّے کے دانے جیسے دانت چمکاتا ہوا بولا تھا، 'لالا شاب، ہم کو ڈر نہیں لگتا۔ گاؤں میں ہم جنگل کو لکڑی کاٹنے واشطے جاتا تھا۔ وہاں بھالو ہوتا تھا۔'

صبح دُکان کا تالا کھول کر انھوں نے لڑکے سے پھر پوچھا تھا، 'ڈر تو نہیں لگا؟'

اس بار لڑکا اپنا دانت چمکائے ہوئے بولا تھا، 'یہاں موش بہت ہیں۔ رات کو اودھم مچاتا رہا، شونے نہیں دیا۔'

اس پر وہ ہنس دیے تھے، 'رات میں تم رہوگے تو سارے موس بھاگ جائیں گے۔ موس سمجھیں گے، یہاں کوئی پہاڑی بلاؤ آگیا ہے۔'

لڑکے کی آنکھیں تھوڑی نیلی تھیں اور وہ واقعی بلّی کی طرح چمکتی تھیں۔

وہ روز شام کو لڑکے کو دُکان پر بند کر دیتے تھے اور صبح نکال دیتے تھے۔ جمعہ کو بازار کی چھٹی ہوتی تھی۔ اس دن وہ تالا کھول کر، اسے گھر لے آتے تھے اور اس سے کمروں کی صفائی کرواتے تھے، کھاٹیں کسواتے تھے، یا کپڑے دُھلوانے جیسے کام لیتے تھے۔

لڑکے کا نام تھا جیون سنگھ۔ پہاڑ پر اس کے باپ کی کھیتی تھی۔ اس کی ماں مرگئی تھی اور باپ نے دوسری شادی کر لی تھی۔ سوتیلی ماں کا مزاج اس کے لیے بہت خراب تھا۔ وہ اُسے کھانے کو نہیں دیتی تھی اور باپ سے جھوٹی شکایت کر پٹواتی تھی۔ بھائی کی پیدائش کے بعد سے یہ مزاج اور بھی تلخ ہوگیا تھا۔ وہ گھر سے پہلی بار

نکلا تھا۔

اشرفی لال کو یہ لڑکا ذہین اور ایماندار لگا تھا۔ اسے کام کے لیے بار بار بتانا نہیں پڑتا تھا۔ اس کے ہاتھ پیروں میں پھرتی تھی۔ ریک کے پٹروں پر پیر لٹکاتا ہوا وہ بندر کی طرح اوپر چڑھ جاتا تھا۔ پنڈی کو بغیر بگاڑے ہوئے وہ بتائی گئی ناپ کی رسّی ایک جھٹکے سے کاٹ دیتا تھا۔ ایک گاہک بنا پیسے دیئے ہوئے چلا جا رہا تھا اور اس نے ٹوک دیا تھا۔ بیس روپے کا نوٹ کرتا اتارتے ہوئے ان کی جیب سے گر گیا تھا اور اس نے اٹھا کر ان کی طرف بڑھا دیا تھا، ' لالا شاب، آپ کو روپیا گر گیا ہے '۔

پندرہ دن کے بعد ہی وہ اسے چائے کے پیسے اوپر سے دینے لگے تھے۔ انھوں نے اپنی بیوہ بہن سے، جسے لڑکا ماں جی کہتا تھا، کہہ دیا تھا کہ وہ اُسے کھانے میں کھٹی میٹھی چیزیں بھی دیا کرے۔

انھوں نے لڑکے کو لیٹنے کے لیے ایک پرانی دری بھی دی تھی۔ اس سے یہ بھی کہہ دیا تھا کہ اگر وہ یوں ہی محنت اور ایمانداری سے کام کرتا رہا، تو وہ ہولی، دشہرے جیسے تہواروں پر اس کے نئے کپڑے بھی بنوا دیں گے۔

وہ اس بات سے واقف تھے کہ نوکر اکثر کچھ دنوں کے بعد پھرر ہو جاتے ہیں۔ جب اتفاق سے انھیں ایسا اچھا نوکر مل گیا تھا، تو وہ اُسے جانے دینا نہیں چاہتے تھے۔ وہ اس کے ہونے سے کافی سہولت محسوس کرنے لگے تھے۔ نیچی خصلت والے دوسرے دکاندار کہیں لڑکے کو بہکا نہ دیں، یا کچھ لالچ دے کر توڑ نہ لیں۔ اس ڈر سے وہ اُسے اِدھر اُدھر بیٹھنے نہیں دیتے تھے۔ ویسے وہ شرمیلے مزاج کا تھا اور خالی ہونے پر بھی دُکان پر بیٹھا رہ کر بازار کی ہلچل کو دیکھا کرتا تھا۔ اس کا شرمیلا پن اس کے چہرے کو اور بھی معصوم بنا دیتا تھا۔ وہاں ہر دم ایک نمی بھی رہتی تھی، خاص طور سے اس کی چپٹی ناک اور گداز ہونٹوں کے گرد۔ اور یہ بھی بھلا لگتا تھا۔

اس کو غور سے دیکھتے ہوئے وہ محسوس کرتے تھے کہ لڑکے کے روپ رنگ میں نکھار آیا ہے۔ وہ اس سے پوچھتے تھے ' جیون سینگھ، یہاں خوش ہو؟'

' شب ٹھیک ہے '، لڑکا نظر جھکائے ہوئے کہتا تھا۔

قریب دو مہینے، ہو رہے تھے۔ وہ لڑکے سے مطمئن تھے اور لڑکا ان سے۔ اس دن بھی بازار کی چھٹی کا دن تھا۔ وہ صبح سات بجے دُکان کا تالا کھول کر لڑکے کو گھر لے آئے تھے۔ لڑکے نے کمروں کے فرش کی دھلائی کرنے کے بعد پوچھا تھا، 'لالا شاب، یہاں کوئی ندی ہوگی؟ میں اپنے کپڑے دھوؤں گا اور نہاؤں گا۔'

'کپڑے باہر گلی کے نل پر دھو ڈالو۔ وہیں نہا بھی لو۔'

'نہیں، ندی پر ٹھیک رہے گا۔'

ندی پر آکر لڑکا کھل اٹھا۔ وہ خوشی کے احساس سے ندی کے پانی کو دیکھنے لگا۔ لگا، ندی کی آنکھیں ہیں اور وہ اسے دیکھ کر ہنس رہی ہے۔ ندی کے ہاتھ ہیں، اور وہ اُسے بلا رہی ہے۔ ندی کے پیر ہیں اور وہ دوڑ رہی ہے۔ شاید اس کے گاؤں کی طرف۔

وہ ندی میں اتر کر تیرنے لگا، کبھی چت، کبھی پٹ اور کبھی اندر ہی اندر۔ وہ ندی کے ہاتھ میں اپنے ہاتھ دے دیتا، پیروں میں پیر۔

کنارے پر ایک اونچا ٹیلا تھا اور وہ پانی سے نکل کر ٹیلے پر چڑھ گیا۔ ٹیلے پر دو بکریاں چر رہی تھیں اور اسے دیکھتے ہی قلانچے بھر کر نیچے اتر گئیں۔ اس کے گاؤں میں بھی بکریاں تھیں اور ایسے ہی قلانچے بھرتی تھیں۔ ٹیلے پر سے اُسے اجلا سا آکاش دور دور تک پھیلا ہوا دکھائی دیا۔

وہ کپڑے سکھا کر دو گھنٹے بعد لوٹا۔

شام کو کھانا کھا کر اشرفی لال نے اُسے دُکان کے اندر حسب معمول بند کر دیا۔

اگلے ہفتے بازار کی چھٹی والے دن لڑکے نے ندی پر جانے کے لیے پھر زور دیا۔

اس دن بھی ندی اُسے ہاتھ ہلا ہلا کر اشارہ کرتی اور آنکھوں سے مسکرا مسکرا کر دوڑتی ہوئی لگی۔ اس دن بھی وہ ندی میں دیر تک مچھلی جیسا تیرا۔

اس دن بھی وہ اونچے ٹیلے پر چڑھا۔ دور کہیں پٹریوں پر ایک ریل گاڑی جا رہی تھی اور وہ اسے حیرانی سے دیکھنے لگا۔ اس کے سر پر ایک چڑیا بیٹھ گئی۔ پھر پھُرر سے اُڑ گئی۔ وہ نیلے آکاش میں اُڑتی ہوئی چڑیا کو حیرت زدہ آنکھوں سے دیکھنے لگا۔

اس نے لوٹ کر اشرفی لال سے کہا کہ وہ اس کا حساب کر دیں، وہ پہاڑ پر اپنے

گاؤں جائے گا۔

اس نے گاؤں جانے کی ضد پکڑ لی۔

اشرفی لال کی سمجھ میں نہیں آیا کہ اچانک ایسا کیا ہو گیا، جو لڑکا چلا گیا۔ انھوں نے آج ہی ناشتے میں اُسے میٹھے پوئے دیے تھے۔

ٹائیں —— ٹائیں —— ٹوں —— پڑھو پٹّے سیٹارام —— سیٹا رام۔
ٹائیں —— ٹائیں —— ٹوں —— پڑھو پٹّے سیٹارام —— سیٹا رام۔

طوطا پنجرے میں گھوم گھوم کر الاپ کر رہا تھا۔

اشرفی لال نے پنجرے کے قریب جا کر دُلار کے ساتھ اس کا ساتھ دیا، 'سیتا—رام —— سیتارام'۔

ٹائیں —— ٹائیں —— ٹوں —— پڑھو پٹّے سیٹارام —— سیٹارام۔

اشرفی لال کے 'پڑھو پٹّے' کا مخاطب لفظ نہیں بھی لگانے پر طوطا اس کو بولتا تھا ضرور، مختلف ڈھنگ سے۔ اشرفی لال اکثر سوچتے تھے کہ اسے سکھاتے ہوئے انھیں 'پڑھو پٹّے' کا غیر ضروری لفظ نہیں بولنا چاہیے تھا۔ اس کے ویسا کرنے پر کبھی کبھی انھیں یہ بھی لگتا تھا کہ طوطے کے ذریعہ 'پڑھو پٹّے' کا مخاطب اب خود ان کے لیے ہے۔

طوطے نے پنجرے کی تیلیوں کے پاس آکر اپنی گردن ٹکا دی تھی۔ وہ سمجھ گئے کہ طوطا کہہ رہا ہے، میری گردن سہلاؤ۔ وہ تیلیوں کے پھیلاؤ کے درمیان انگلی ڈال کر ویسا کرنے لگے۔

طوطے کے گلے میں کنٹھا بڑھ چلا تھا۔ کنٹھے کا گھیرا کہیں گہرا سُرخ تھا، کہیں ہلکی سی زردی لیے ہوئے۔ اسی کے چاروں طرف ایک سیاہ مخملی لکیر بھی ابھر رہی تھی۔ یہ اس بات کی علامت تھا کہ طوطا اب جوان ہو گیا ہے۔

انھوں نے جب طوطا خریدا تھا، ایک دم مرگِلّا تھا۔ انھیں شک ہوا تھا کہ یہ پڑھ بھی سکے گا۔ مگر بہیلیے نے تسلی دی تھی کہ طوطے کے بچّے پڑھنا جلدی سیکھتے ہیں۔ بوڑھے پٹّے ہی رام رام نہیں کہتے۔ کچھ دنوں میں یہ بہت خوبصورت دِکھنے لگے گا۔

طوطا سچ میں پڑھ بھی گیا تھا اور خوب صورت بھی ہو گیا تھا۔

انھوں نے طوطے کو کیلے کا ٹکڑا ڈال دیا۔ طوطا کیلا کتر کتر کر کھانے لگا۔

اخبار میں کسی ملک میں ہوئے انقلاب کے بارے میں چھپا تھا۔ مگر انھیں اس خبر میں دلچسپی نہیں ہوئی تھی اور پڑھتے ہوئے اسے چھوڑ دیا تھا۔

دُکان سے لوٹ کر انھوں نے برفی کا ٹکڑا طوطے کے پنجرے میں ڈال دیا۔

انھوں نے سونے سے پہلے پنجرہ آنگن سے لا کر برامدے میں اونچے کڑے سے ٹانگ دیا۔ سردی کے دنوں میں وہ پنجرے پر ایک موٹا کپڑا بھی ڈال دیتے تھے۔

پہیلیے نے طوطا لینے کے لیے زور دیتے ہوئے کہا تھا، 'لالہ جی آپ پال لیجیے۔ کچھ دن میں جب یہ میٹھی میٹھی بولی بولنے لگے گا، آپ اُسے کسی اپنے سگے جیسا ہی محسوس کریں گے۔'

دو روپے کا خریدا ہوا طوطا سچ میں خاندان کا ایک فرد ہی ہو گیا تھا۔

ٹائیں —— ٹائیں —— ٹوں —— پڑھو پٹے سیتارام —— سیتارام۔ صبح ہو گئی تھی۔ اشرفی لال نے طوطے کے پنجرے میں چھیلی ہوئی لیچی ڈال دی تھی۔

ٹائیں —— ٹائیں —— ٹوں —— پڑھو پٹے سیتارام —— سیتارام۔

ایک اور صبح ہو گئی تھی۔ اشرفی لال نے پنجرے میں خُمانی ڈال دی تھی۔

ٹائیں —— ٹائیں —— ٹوں —— پڑھو پٹے سیتارام —— سیتارام۔

ایک اور صبح ہو گئی تھی۔ اشرفی لال نے پنجرے میں آلوچہ ڈال دیا تھا۔

طوطا جب آنکھوں کی پتلیوں پر سفید جھلّی گرا کر ایک ٹانگ اٹھا لیتا تھا، تو وہ کسی دھیان میں مصروف مُنی جیسا دِکھتا تھا۔ طوطے کی پونچھ میں ہرے پنکھوں کے ساتھ ساتھ دو ایک پنکھ پیلے تھے اور دو ایک نیلے۔ طوطے کی پونچھ لمبی ہو گئی تھی۔ پہلے پنجرہ چھوٹا تھا، لیکن پھر وہ ایک بڑا پنجرہ لے آئے تھے، جس میں جھولے نما بیچ میں ایک بیٹھکی بھی لگی تھی۔

ٹائیں —— ٹائیں —— ٹوں —— پڑھو پٹے سیتارام —— سیتارام۔

ایک اور صبح ہو گئی تھی۔

اور بدحواسی سے چیخنے لگا۔

باہر والا طوطا دوبارہ اڑا اور اڑتا چلا گیا، اپنے پنکھوں سے کھلے آکاش کو ایک دلفریب وسعت دیتا ہوا۔

اشرفی لال نے شام کو دُکان سے لوٹنے پر پایا کہ طوطا پنجرے کے اندر بے چین ہے۔ وہ اپنی چونچ سے پنجرے کی تیلیاں جھنجھوڑ رہا ہے۔ وہ اپنے تیوروں سے ایک مختلف طوطا بن گیا ہے۔ انھوں نے بالوشاہی کا ایک ٹکڑا پنجرے کے اندر ڈالا، مگر طوطا اس ٹکڑے کو اٹھائے بغیر تیلیوں کو ویسے ہی جھنجھوڑتا رہا۔ انھوں نے اسے شانت کرنے کے لیے اس کی گردن سہلانی چاہی، لیکن طوطا ان کی انگلیوں پر جھپٹ پڑا۔

صبح ہوگئی تھی، روز جیسی۔ نہیں، مختلف۔ طوطا بول نہیں رہا تھا۔ اشرفی لال برامدے میں آگئے۔ پنجرے کی ایک تیلی مڑی ٹیڑھی تھی اور بڑھے ہوئے جگہ میں سے طوطے کی گردن باہر نکلی تھی۔ پھیلے ہوئے پنکھ اور مڑی ہوئی ٹانگوں سے ایسا لگ رہا تھا کہ طوطا پنجرے کو لے کر اُڑ رہا ہے۔

اشرفی لال آج بھی نہیں سمجھ سکے تھے کہ طوطے نے یوں گردن پھنسا کر، اپنی ننھی سی جان کیوں دی۔